우리 교황님 좀
말려 주세요

우리 교황님 좀 말려주세요 12

2023년 8월 10일 초판 1쇄 인쇄
2023년 8월 16일 초판 1쇄 발행

지은이 판미손
발행인 김정수 강준규

기획 이기헌 왕소현 임동관 박경무 강민구 조익현
책임편집 주현진
마케팅지원 이원선

발행처 (주)로크미디어
출판등록 2003년 3월 24일
주소 서울시 마포구 마포대로 45 일진빌딩 6층
Tel (02)3273-5135 Fax (02)3273-5134
홈페이지 rokmedia.com E-mail rokmedia@empas.com

ⓒ 판미손, 2022

값 9,000원

ISBN 979-11-408-0812-0 (12권)
ISBN 979-11-408-0095-7 04810 (세트)

Contents

보은

선양의 한가운데 생성된 우리 교단의 신전.

온갖 아름다운 꽃과 나무가 즐비한 이 주변은 플루토에 의해 쑥대밭이 된 이 황량한 도시를 조금이나마 위로해 주는 것 같았다.

"구호물자를 나눠 드립니다."

"배가 고프신 분들! 이곳에 오셔서 식량을 받아 가세요."

성지 간 통로를 통해서 서울에서 이곳까지 운송된 식량들의 배급도 시작되었다.

그나마 다행인 건 이 도시가 다른 도시에 비해서 사정이 괜찮았다는 점.

나는 그 구호 현장을 눈에 담은 다음, 다시 고개를 돌려 성지 앞 공터에 도열한 우리 교단의 병력을 바라보았다.

"제2신전성기사단 총원 6백 명. 지난번 전투에서 부상자 없습니다!"

루나가 나에게 한쪽 무릎을 꿇은 채로 보고를 했으며.

"제3전투사제단 총원 4백 명. 이상 없습니다!"

레오 역시 검은색 사제복을 입은 채로 나에게 고개를 숙였다.

그리고 그들을 따라 그들 뒤에 서 있던 나머지 병력도 나를 향해 일제히 예를 표한다.

에덴에서 나와 동고동락한 에덴의 병력도.

지구에서 나와 간부들이 직접 육성한 1기, 2기, 3기 교육생들도.

그들은 리멘의 이름 앞에 하나가 된다.

전혀 생각지도 못했던 그림이다. 언젠가 한번 이런 그림을 보고 싶긴 했었는데, 이렇게나 빠르게 소원을 이루게 될 줄은 몰랐다.

나는 신전의 계단 위에서 그들을 향해 소리쳤다.

"이곳에 와 줘서 고맙습니다, 형제자매 여러분!"

그들은 여전히 무릎을 꿇은 채 나를 바라본다.

"생전 들어 보지도 못한 다른 세계로 온다는 선택이 쉽지는 않았을 텐데, 진심으로 고맙습니다."

리멘은 이들 모두가 스스로 자원해서 넘어왔다고 했다.

차원을 열어 주는 것까지가 그녀의 선택이었을 뿐.

그 차원을 넘어 이곳에 오는 건 어디까지나 그들 개인의 선택이었으리라.

그럼에도 그들은 기꺼이 나를 돕기 위해 이곳으로 와 주었다.

기껏 평화를 되찾은, 에덴이라는 아름다운 세계를 두고서 말이다.

그래서 더욱 고마웠다.

내가 지난 10년 동안 행했던 모든 일에 대한 결과가 바로 이곳에 펼쳐져 있었다.

이들은 이번에도 나와 함께 싸우는 것을 선택했다.

비록 말이 안 통하는 세계고, 모든 게 어색한 세계일지라도 내 옆에 함께하기로 했다.

그것만으로 어찌나 고맙던지.

내가 말을 잇지 못하고 그저 내려다보고 있을 때, 루나가 예식용 검을 높이 들어 올렸다. 그리고 그 어느 때보다 큰 목소리로 말했다.

"성하의 적이 곧 교단의 적입니다. 리멘 교단은!"

그러자 그녀의 뒤에 있던 성기사들 역시 칼을 높이 들어 올리며 복창했다.

"리멘 교단은!"

"은혜를 반드시 갚는다!"

"은혜를 반드시 갚는다!"

나는 한참을 그 장면을 흡족한 표정으로 바라보았다.

그리고 슬쩍 웃으면서 말했다.

"여러분들이 지구에 있는 동안 부디 이곳의 후배들에게 많은 가르침을 내려 줬으면 합니다. 여러분들의 용기와 경험, 지닌 모든 것들을 형제자매들에게 전수해 주십시오. 비록 태어난 세계는 달라도…… 우리 모두 리멘의 품속에서 하나 아니겠습니까?"

우리 교단의 유일한 약점이었던 실전 경험을 완벽하게 해소시켜 줄 한 수.

산전수전 다 겪은 베테랑들의 합류는 곧 비약적인 전투력 상승으로 이어진다.

"이상으로 연설을 끝내고, 성지에서 대기하며 추후 이어질 병력 재배치를 기다려 주십시오."

나는 간단한 환영 연설을 끝낸 다음, 내 뒤쪽에서 대기하고 있던 라파르트 대주교에게 말했다.

"에덴에서 건너온 병력이 지구에 적응할 시간이 필요합니다."

딱 한 가지.

저들도 다른 세계로 넘어온 셈이니 잠깐의 적응기가 필요할 것이다.

이세계로 처음 넘어온 건데 당연히 어색할 수밖에 없지.

그러나 라파르트 대주교로부터 돌아온 대답은 정말 의외였다.

"그렇게 말씀하실 줄 알고 저희가 서울에서 미리 준비해 온 것이 있습니다."

"……준비요?"

"은혜롭게도 리멘님께서 직접 저에게 신탁을 내려 주셨습니다. 원정대가 사용할 장비들을 미리 준비해 달라, 그리 말씀하셨지요. 형제자매님들, 어서 원정대원들에게 물품을 지급하도록 하십시오."

"예, 대주교님."

"엥?"

현재 리멘은 테라와 따로 할 이야기가 있다면서 그녀들만의 공간으로 돌아간 상황.

도대체 리멘이 라파르트 대주교에게 무엇을 따로 전달했다는 걸까?

"……어?"

나는 잠시 후 이어진 장면에 할 말을 잃어버리고 말았다.

"대한민국 정부에서 적극적으로 협조해 준 덕에 당일 개통이 끝났습니다. 정부 측에서 신원보증을 서 주었고, 그 신분을 통해 개통된 스마트폰들입니다."

"아니, 그러니까……."

"걱정하실 것 없습니다. 비록 최신 기종들이긴 하나 교단의 재정 상태에 별 영향을 끼칠 수 없을 겁니다."

"……중요한 게 그게 아니잖아요."

라파르트 대주교와 교단의 직원들은 원정대원들에게 스마트폰을 나눠 주고 있었다.

에덴에서 막 넘어온 사람들에게 스마트폰을 나눠 준다고?

어차피 줘도 못 쓸 텐데?

"사용법이라도 알려 주고 나서 보급을 하든…… 어?"

나는 할 말을 잃어버렸다.

왜냐고?

"드디어 개인 스마트폰을 직접 만져 봅니다."

"어떻습니까, 형제님. 에덴에서 미리 예습해 오길 잘했지 않습니까?"

"역시, 리멘님께서는 이런 상황에 대비하여 저희에게……

아아, 감사해라!"

에덴에서 막 넘어온 사실상 시골 촌놈이나 다를 바 없는 녀석들이 너무나도 당연하게 스마트폰을 조작하고 있었기 때문이다.

전원을 켜는 것부터 시작해서 자신의 번호를 확인하고, 서로의 번호를 교환하기 시작하는 진풍경.

슬슬 인지 부조화가 오기 시작했어.

이거 맞나?

"리멘님께서는 원정대로 선발된 병사들에게 지구의 지식

우리 교황님 좀
말려 주세요

들을 내려 주셨습니다. 그들 모두가 오늘을 위해서 다방면으로 노력했지요. 지구의 문물을 받아들이는 것 역시 원정대원에게 필요한 기본 소양이었다고 합니다."

"언어 장벽은…… 아, 언어의 축복을 내려 줬겠구나."

"그렇습니다."

"기분이 이상해."

에덴에서 막 건너온 사람들이 자연스럽게 스마트폰을 사용하는 모습이라…….

저 모습에서 위화감을 못 느끼는 게 더 이상한 거지.

도대체 리멘은 언제부터 이번 원정을 준비했던 걸까?

게다가 그뿐만이 아니다.

에덴 출신 원정대와 지구 출신 본대가 과연 잘 어울릴까 걱정도 많이 했다만.

"선배님들! 리멘 교단의 1기 교육생 오재민이라고 합니다! 루나 레벤톤 경께서 선배님들의 위대한 업적을 저희에게 항상 가르쳐 주셨습니다!"

"선배님들! 만나 뵙게 되어 영광입니다!"

"선배님들! 함께할 수 있어서 정말 기쁩니다!"

재민이를 필두로 1기 교육생들이 일제히 에덴 출신 원정대에게 허리를 숙이면서 인사를 건넨다.

그리고 자신들 위의 기수를 따라 2기, 3기 교육생들 역시 허리를 숙였다.

후배들의 극진한 예의가 흡족했던 걸까?

에덴 출신 성기사와 전투 사제 들이 웃으면서 후배들의 등을 두드려 준다.

"고생이 많습니다, 후배님들."

"참으로 훌륭한 신앙심과 마음가짐입니다. 후배님들께서 우리를 이리 대해 주시니 저희는 너무나도 기쁩니다."

"리멘의 품 안에서는 모두가 한 가족 아니겠습니까?"

"하하하!"

"선배님들의 말씀이 참으로 옳습니다!"

괜히 걱정했다.

머리부터 발끝까지 근육…… 아니, 리멘에 대한 신앙심으로 철저히 세례를 받은 사람들인데 그럴 리가 있나.

그렇게 해서 우리 교단에는 1천 명의 에덴 출신 병력이 합류하게 되었다.

꽃

에덴 출신 병력이 합류한 날 저녁.

선양의 새로운 성지에서는 이세계에서 도착한 증원군을 위한 조촐한 환영 행사가 열렸다.

"확실히 시우 네가 네 여신님으로부터 이쁨을 받는다는 게 느껴진다. 나도 그런 여신이 한 명쯤 있으면 얼마나 좋을까?"

"네 세계의 신은 네 손으로 전부 다 찢었다면서."

"신이라고 불리기에도 아까운 자들이었지. 명예도 없었고, 신성함도 없었다. 내 손에 죽었을 정도면 알지 않나?"

"그런가."

"이렇게나 세심하게 챙겨 주는 여신님이라……. 나 같아도 반했겠어."

성지 곳곳에 배치된 신성석이 조명의 역할을 대신한다.

바비큐와 간단한 음료 정도.

교단에서 주최하는 행사이니만큼 주류는 없었지만, 에이든은 어디에서 구해 왔는지 고량주를 들이켜면서 입을 닦았다.

라파엘은 에덴에서 넘어온 원정대원들이 궁금했는지 열심히 돌아다니며 대화를 나누고 있다.

전쟁 속에 잠시 깃든 평화다.

불과 몇 시간 전까지만 해도 내 무덤이 되었을지도 모르는 자리였지만, 적어도 지금만큼은 화기애애한 분위기가 이어지는 중이었다.

"분위기가 좋다. 리멘 교단의 전투원들은 항상 유쾌해서 보기가 좋아. 마치 예전 우리 부족의 전사들을 보는 것 같아."

"그들이 그리워?"

내 질문에 에이든은 피식 웃으면서 고개를 끄덕였다.

"당연하지. 나에게 남은 가족들은 이제 그들뿐이거든."

"그곳에 두고 온 네 부인들이 그리운 건 아니고?"

"누누히 말하지만 내 평생 한 여자만 사랑했다. 그 여자를 위하여 모든 걸 포기하고 돌아왔으니까."

에이든은 다시 한번 고량주를 들이켰다.

그리고 입가에 묻은 술을 거칠게 닦아 내면서 말했다.

"내가 왜 미국에 몸을 담았는지 알고 있나?"

"음, 네 고향이라서?"

"내가 그리 고향에 애착이 있는 성격은 아니다. 내가 미국에 몸을 담은 이유는 별거 없다. 미국에 있으면 더욱 많은 몬스터들을 죽일 수 있을 테니까. 오직 그뿐이다."

그가 다른 세계에 있는 동안, 그의 부인은 몬스터들에게 살해당했다고 들었다.

에이든이 지금까지 움직이는 원동력은 죄책감, 그리고 몬스터들에 대한 증오심이었으리라.

그리고 그것은 지금도 그리 다르지 않다.

여전히 그의 눈빛 너머에서는 섬뜩할 정도로 짙은 증오심이 불타오르고 있었다.

"시우, 네 덕분이다."

"뭐가?"

"너는 나에게 내가 누구를 증오해야 할지를 알려 주었다. 이 세계를 이렇게 만든 고대 신. 내 분노와 증오는 그들에게 향한다. 그래서 네 옆에 붙어 있는 거다."

문득 이 남자의 첫인상이 떠오른다.

첫인상이 썩 좋지는 않았지.

무례했고, 또 폭력적이었으니까.

분노와 증오는 분명 부정적인 감정이었고, 그 끝에는 공허함만이 남는다.

나 역시 그걸 잘 알고 있었다. 하지만 그렇다고 해서 에이든을 막을 생각도 없었다.

에이든은 모든 결과를 홀로 감당할 수 있는 사람이었으니까.

"내 모든 감정들은 나만의 것. 그 감정이 어떤 결과를 낳는다면, 그것 역시 나만의 것이다. 전사에게 있어서 스스로 최후를 선택하는 것만큼 영예로운 일이 어디에 있나?"

"꼭 술 마실 때만 전사인 척한다니까. 술주정이 뭐 그래?"

"흐흐, 가만히 보면 너와 나는 정반대다. 시우 너는 지키기 위해 싸우고자 한다. 그에 반해 나는 지킬 게 없어서 싸우고자 한다."

에이든은 술만 마시면 가끔 이런 소리를 하곤 한다.

술 마실 때만 정신이 정상으로 돌아오는 것은 아닐까?

나는 에이든의 손에 들린 고량주를 빼앗아 한 모금 들이켰다.

목구멍 너머로 뜨끈한 것이 훑고 지나간다.

"이런 우리가 친구가 된 것도 참 신기해."

"목적이 같잖아."

"목적이라……"

"내가 누군가를 지켜 내는 것이 곧 네 복수의 완성이니까."

그 말에 에이든은 큰 소리를 내어 웃는다. 그리고 있는 힘껏 고개를 끄덕였다.

"네 말이 맞아. 약속하지. 내가 원래 세계에서 그러했듯, 이 세계에서도 신들을 죽여 주마. 그러니 너는 내 복수를 위해서 최선을 다해 주도록."

"누가 보면 네가 내 상급자인 줄 알겠는데? 진짜 오늘 여기에서 서열 다시 한번 정해 봐?"

"그건 사양한다. 보다시피 내가 잔뜩 술에 취했어."

에이든은 다시 내 손에서 고량주병을 가져갔다. 그리고 병에 남은 술을 모조리 목으로 털어 넣은 후, 숨을 크게 내쉬면서 말했다.

"병력도 충원했고, 성공적으로 교두보도 확보했으니 이제는 조금 더 과감하게 움직여도 되겠어."

"성지 간 통로를 통해서 보급도 용이해졌으니까. 이곳을 기점으로 전력을 좀 나눠야겠지."

최종 목적지는 베이징.

이미 정화자 놈들도 서쪽을 잔뜩 헤집으면서 베이징을 향해 진격하고 있는 중이다.

들려오는 소식에 의하면 '광란'이라는 단어가 부족할 정도로 끔찍한 짓들을 저지르고 있다더라.

"우리가 먼저 수를 두었으니, 이번에는 저쪽에서 수를 둘 차례야."

내 말에 에이든은 피식 웃으면서 고개를 끄덕였다.

"기대가 된다. 발악하는 적을 갈아 마시는 것만큼 짜릿한 것도 없는 법이다."

"글쎄다."

녀석들이 발악을 하고 있는 건지, 아니면 이 모든 게 녀석들의 계획에 있던 일인지.

두고 봐야 알겠지.

나는 어느새 해가 저문 하늘을 바라보며 술기운이 담긴 숨을 작게 뱉어 냈다.

❧

다음 날 아침.

"후배님들, 너무 기합이 빠졌다!"

"고작 몸풀기 운동이다. 몸풀기 운동인데 다들 이 정도밖에 안 되나?"

"선배들은 후배님들에게 크게 실망했다!"

"끄아아아아아악!"

아침 일찍부터 성지에서는 비명이 울려 퍼지기 시작했다.

달콤한 휴식?

반가운 환영 인사?

그딴 건 어제로 끝이다.

"도시 주변에 몬스터들이 출몰하고 있다는 소식이 보고되었습니다."

"동으로 30km 지점. 트롤 군락 발견! 교두보의 안전을 확보하기 위해 토벌이 필요할 듯합니다!"

이곳에 성지가 세워질 것이라고는 예상하지도 못했지만, 일단 성지가 생성된 이상 최선을 다해서 안전을 확보해야만 했다.

그간 백명교와 중국 정부에서 얼마나 청소를 개떡같이 해 놨는지, 도시 주변에 위협 요소가 즐비해 있었다.

위험 몬스터들의 군락들부터 시작해서 각종 빌런들까지.

들어오는 정보에 따르면 도시의 암시장에서는 마약 거래와 인신매매가 당연하다는 듯이 진행되고 있었다.

한마디로 개판 5분 전 되시겠다.

덕분에 바빠진 건 우리 교단의 병력이었다.

"대한민국의 본대가 도착하기 전까지 교두보를 안정화한다."

"전쟁에서 살아남는 데 필요한 건 두 개뿐이다. 하나는 리멘님에 대한 절대적인 신앙심! 또 다른 하나는 절대적인 무력! 쉴 새 없이 스스로를 단련한다!"

에덴에서 넘어온 원정대원들에게 적응 기간 따위는 필요 없었다.

그들은 원래 지구에 살았던 것처럼 아주 자연스럽게 행동하고 있었다.

물론 일부 원정대원들은 지구의 높은 빌딩을 바라보며 감탄사를 내뱉고는 했지만 말이다.

나는 신전의 계단 위에 서서 쉴 새 없이 돌아가는 성지를 바라보았다.

그리고 그런 내게 3성기사단의 부기사단장이자 이번 원정대의 사령관인 리하니스가 고개를 숙이며 보고했다.

"교황 성하, 분부하신 대로 모든 편제를 끝냈습니다. 25명씩 총 40개의 분대로 나누었으며, 지구의 교육생들 역시 그 숫자에 맞춰서 분배를 해 두었습니다."

"고생했다, 리스."

"……성하, 아무리 그래도 지금은 전시 중이고 제 이름을……."

"리스라고 부르는 게 싫냐? 나름 애정을 잔뜩 담은 애칭인데."

"……편하신 대로 부르시지요."

리하니스 로울러, 별칭 리스.

요 녀석은 내가 에덴으로 막 납치당했던 초기 때부터 함께

했던 녀석이다.

나이는 올해로 24세.

원래는 부모를 잃은 평민 고아 소년이었으나, 교단의 눈에 들어서 성기사가 된 케이스다.

성기사로서 임직을 받은 나이가 16세였지 아마?

쉽게 말하자면 소년병 출신이다.

에덴은 어린아이들의 목숨이라든지, 그런 윤리적인 부분보다는 생존이 우선시되었던 세계.

살기 위해서는 어린아이들도 무기를 들어야 했었지.

일단 리스는 어렸을 때도 무척이나 귀여웠는데, 성인이 된 이후로는 엄청난 미남이 되었다.

싹수부터 보이긴 했었다.

어렸을 때 내가 참 이뻐해 줬는데 말이야.

"듣자 하니 리스 네가 루나가 이곳으로 넘어온 이후로 임시 성기사단장을 맡고 있었다지?"

"예, 그렇습니다, 성하."

"다 컸네, 다 컸어."

"과찬이십니다."

나는 리스의 등을 두드려 주면서 만족스럽게 고개를 끄덕였다.

리스는 내 칭찬에 부끄럽다는 듯이 살짝 고개를 돌리면서 헛기침을 몇 번 내뱉는다.

우리 교황님 좀
말려 주세요

겉으로 보기에는 부끄러움이 많은 청년처럼 보일 수는 있겠지만…… 나는 이 녀석의 본모습을 알고 있다.

아니, 모두가 이 녀석의 본모습을 알고 있을 거다.

젊은 나이에 성기사단의 부기사단장 자리까지 올라갔다는 뜻은 딱 하나다.

그에 걸맞은 무력을 지니고 있다는 것.

리스의 별명이 아마 '남자 루나'였었지?

이 녀석은 전투 스타일부터 시작해서 성격적인 부분까지 루나를 많이 닮아 있었다.

그건 아마.

"루나랑 이야기는 하고 왔어?"

"……기사단장님께서 바쁘시다면서 자꾸 저를 피하고 계십니다. 귀찮게 좀 하지 말라고 짜증을 내시더군요."

"와, 너도 진짜 징하다."

이 녀석이 루나를 동경하고 있기 때문일 것이다.

분명히 사랑은 아니지만, 진짜 집착에 가까운 수준의 '동경'이었다.

루나의 전투 스타일은 따라 하려야 쉽게 따라 할 수조차 없는 것인데, 그걸 단순히 닮고 싶다는 이유로 모방에 성공한 미친놈이다.

즉, 재능은 의심의 여지가 없는 놈이란 거다.

나는 한심하다는 표정을 지으며 녀석을 한참 동안 바라보왔다. 그리고 작게 숨을 뱉어 내며 말했다.

"이곳까지 와 줘서 고맙다, 리스."

"성하께 도움이 될 수 있다면 수천의 지옥이라도 건넜을 겁니다."

"……최대한 많이 살려서 돌려보내 볼게."

외지에서 죽음을 맞이하는 것만큼 쓸쓸한 게 또 어디 있을까?

그러나 리스는 내 말에 고개를 단호하게 가로저으면서 답했다.

"저희의 목숨을 구해 주신 것은 성하십니다. 성하께서 구해 주신 목숨, 성하를 위해 사용하고자 모인 이들입니다. 그러니 부담 가지실 필요는 없습니다."

리스는 활짝 미소를 지었다.

"리스야."

"예, 성하."

"내 앞에서 그렇게 웃지 말랬지? 잘생긴 놈이 자꾸 웃으면 재수 없다니까?"

"……시정하겠습니다."

"그래."

그래도 내가 지난 10년 동안 진짜 잘 살아오긴 했구나.

내가 지구로 돌아오기 위해 했었던 일들이, 누군가에게는 구원으로 다가왔었던 거다.

그 순간들이 쌓여서 지금과 같은 결과를 낳았을 터였다.

나를 도와주기 위해 차원을 넘어온 이들을 보고 뿌듯하지 않다면 거짓말이겠지.

그렇기 때문에 나는 더 많은 이를 살려서 에덴으로 돌려보내고 싶었다.

이럴 때일수록 내가 정신을 바짝 차려야 한다.

"백명교에서 슬슬 크게 움직일 때가 된 것 같은데."

백명교의 움직임은 곧 거대한 파도를 일으킬 것이다.

문제는 그 파도가 어디에서 시작되느냐는 것인데…… 부디 내가 예상하는 범위 내에서 움직여 줬으면 좋겠다만.

"후우."

나는 크게 숨을 들이쉬면서 하늘을 바라보았다.

기분이 찜찜한 게, 무슨 일이 일어날 것만 같은 하루였다.

❧

예상했던 대로 이번에는 백명교의 턴이었다.

백명교의 수는 우리가 가정했던 경우 중 가장 최악의 형태로 놓였다.

"중동 전쟁의 양상이 뒤바뀌고 있습니다. 고대 신을 추종하는 무리들이 아프카니스탄을 넘어서 중국 쪽으로 진군하고 있습니다! 병력을 하나로 합칠 계획인 것 같습니다!"

"요하 너머에 중국 정부군을 포함한 대규모 병력이 배치되고 있습니다."

백명교가 숨겨 두었던 전력은 양면 전선을 감당하기에 충분한 숫자였다.

도대체 언제 그렇게 광신도들을 만들어 뒀는지는 모르겠지만, 백명교의 신도 숫자는 상상 이상이었다.

신성력을 사용하는 신성 계열 플레이어들의 숫자는 정확한 집계가 힘든 수준.

그뿐만이 아니었다.

고대 신들이 다른 차원에서 데려온 몬스터들부터 시작해서, 지난번에 플루토와의 전투에서 확인되었던 '얼굴 없는 자'들까지.

엄청난 전력이 중국 대륙 각지에서 모습을 드러내기 시작했다.

중국 남부에서 중국 북부를 치기로 한 이세민의 병력 역시 드센 저항에 가로막혔다는 소식이 전해져 들어왔다.

빠르게 요서 쪽으로 후퇴한 데에는 모두 이유가 있었다.

우리의 본대가 점령 지역을 정리하고 있는 사이, 어느새 엄청난 규모의 방어선이 생성되었다.

그리고 가장 큰 문제는 그 이후에 이어진 후방 교란이었다.

"일본 센다이시 근방에서 측정 불가급 거대 게이트 생성.

우리 교황님 좀
말려 줘세요

몬스터와 '얼굴 없는 자'의 존재 확인. 백명교의 신도들로 추정되는 광신도들도 빠르게 그 세력에 가담하고 있습니다."

"센다이시?"

"아무래도 신전을 노리는 것 같습니다."

지난번 중국 내전부터 시작해서 지금까지 큰 위기가 없었던 센다이시의 리멘 신전.

센다이시의 리멘 신전은 최후방이었던 만큼 우리 교단의 성물을 생산하는 시설들이 몰려 있었다.

그동안 벌어들인 신성 점수 중 상당수를 축성소에 투자했는데, 그 축성소 중 대부분을 센다이시에 건설했기 때문이다.

현재 리멘과 테라는 고대 신의 차원 간섭을 최대한 억제하기 위해 동분서주하고 있는 상황.

즉, 당분간은 그 둘의 도움을 기대하기 힘들었다.

"……우리가 언제 도움을 받았었다고."

그들에게 의존하는 건 좋지 않다.

리멘과 테라가 직접 관여하지 못하는 상황이라면, 그만큼 급박하다는 뜻이기도 했다.

이 정도는 우리가 알아서 해결해야 한다는 소리였다.

나는 성지에 설치된 임시 사령부의 의자에 앉아서 정보장교에게 물었다.

"센다이시에 출현한 적들의 숫자는 어느 정도랍니까?"

"현재까지 집계된 숫자는 3천을 넘습니다. 엄청난 속도로 몬스터가 증식되고 있다 합니다."

"3천이라……"

만약 1기부터 3기 교육생만 있었다면 피해가 컸을 규모.

상황이 상황인지라 후방 쪽의 방비가 살짝 부족하긴 했는데 백명교 놈들은 역시 당연하다는 듯이 그쪽을 파고들고 있었다.

전쟁을 좀 아는 놈들이다.

앞은 단단하게 가로막고 적의 후방을 교란하여 보급을 끊는다.

이건 수성전에서 승리하기 위한 공식 중 하나다.

하지만 우리가 이런 상황을 예상하지 못했던 건 아니다.

"일본 정부에서 미리 대기시켜 두었던 병력을 투입하고 있습니다."

"이로써 일본도 참전인가요?"

"총리 관저에서 공식 성명을 준비 중인 것으로 확인됩니다."

"쯧."

자국의 영토가 침략당했다는 건 전쟁에 참여할 수 있는 명분 중 하나다.

아무리 백명교의 목표가 리멘 교단의 성지라고 한들, 녀석들이 일본의 영토를 침략했다는 사실은 변하지 않는다.

"류진영 각성자를 지휘관으로 토벌 작전에 들어갈 것 같습니다."

나는 빠르게 이어지는 정보장교의 보고를 귀담아들으며 이리저리 셈을 했다.

게이트 자체는 이레귤러 없이 토벌이 가능하다.

그러나 그 게이트에서 지난번 플루토 같은 고대 신이나 그에 준하는 적들이 등장한다면?

센다이시는 우리 교단의 신전과 함께 다시 한번 잿더미가 될 게 분명했다.

그렇기에 우리의 선택지는 이미 정해져 있었다.

"제가 교단의 병력을 이끌고 갑니다."

성지 간 통로라는 엄청난 전략적 이점을 썩힐 순 없지.

에덴에서 넘어온 원정대와 기존 우리 교단 병력을 합치면 대략 2천5백 명.

단번에 투입해서 단번에 결정짓는다.

복잡하게 생각할 것 없었다.

항상 말하지만 심플 이즈 베스트다.

나는 빠르게 결정을 내린 다음, 곧바로 레오를 향해 명령을 내렸다.

"병력 준비시켜. 성지 간 통로를 이용해서 센다이시로 향한다."

"알겠습니다, 성하."

에이든과 라파엘이 이곳에 남아 있는 이상, 이쪽 전선이 쉽게 밀릴 리가 없다.

센다이 성지는 에덴에서 넘어온 우리 병력의 데뷔전으로 딱 알맞은 전장.

"후우."

우리 교단의 힘을 제대로 보여 줄 순간이 임박했다.

❧

그로부터 30분 후.

일본 센다이시, 리멘 신전.

우리는 성지 간 통로를 통해 선양에서 바로 센다이시로 이동했다.

"연락을 받고 기다리고 있었습니다, 김시우 교황님."

우리보다 먼저 도착했을 일본의 류진영 각성자, 그러니까 진영이 형이 살짝 긴장한 표정으로 나를 맞이해 주었다.

아무래도 공식적인 자리이다 보니 존칭을 쓰는 모양이다.

나는 진영이 형과 가볍게 악수를 나누면서 미소를 지었다.

"잘 지내셨죠? 결혼식 때 뵐 줄 알았는데 이리 뵙네요."

그와 악수를 나누며 슬쩍 저 멀리의 하늘을 살폈다.

보라색으로 물든 하늘은 게이트의 마력으로 인해 불길하게 빛나고 있었다.

"저희 쪽도 토벌 준비가 끝났습니다. 작전 지시를 따로 하달하시겠습니까?"

"민간인들 대피는 어떻게 진행되고 있죠?"

"이미 성지 주위에 만들어 둔 대피소로 대피가 끝났습니다. 평상시에 이런 경우를 상정한 대피 훈련을 자주 진행한 덕분에 빠르게 완료할 수 있었습니다."

일본에서는 리멘 교단의 신전을 핵심 시설로 분류하고 있다고 들었다.

만족스러운 일 처리다.

적어도 이 지역에서 싸울 때에는 민간인들의 피해를 의식할 필요는 없을 것 같았다.

"센다이시에는 피해가 가지 않도록 처리하겠습니다."

"최악의 경우 도시의 일부를 포기하고 신전 방어에 집중하라는 지시를 받았습니다."

"제가 구했던 도시가 저 때문에 망가지는 건 두고 볼 수 없죠. 걱정하지 마세요."

이래저래 나랑 인연이 많은 곳이다.

우리 교단이 최초로 해외에 건설한 신전이기도 하고, 한일 양국 관계에 새로운 지평을 열어 준 곳이기도 하고.

하여간에 수많은 상징적인 의미를 지닌 장소다.

백명교가 이곳을 첫 번째 타깃으로 노리는 데에는 전부 이유가 있었다.

"혹시 리멘 교단 측에서 동원하는 병력 규모가……."

진영이 형이 나에게 우리 교단의 병력에 대해서 문의하려고 하는 순간.

착착착.

신전 안에서 성기사들과 전투 사제들이 걸어 나오기 시작했다.

그들은 신전 앞의 공터에 일사불란하게 도열했다.

"……리멘 교단의 병력이 원래 이렇게 많았습니까?"

"일본 측은 이번 토벌 작전에서 백업만 해 주시면 됩니다. 나머지는 저희가 알아서 하겠습니다. 잠시 실례."

나는 진영이 형의 양해를 구한 후, 천천히 앞으로 걸어갔다.

성기사와 사제 들의 시선이 나에게 집중된다.

그들은 모두 왼쪽 무릎을 꿇으며 내 지시를 기다렸고, 나는 그런 그들을 향해 소리쳤다.

"간악한 교단의 적들이 성지를 짓밟기 위해서 다가오고 있다! 이에 나는 리멘 교단의 교황으로서 그대들에게 명령한다!"

성전을 선포합니다.
해당 지역에 위치한 모든 리멘 교단 신도들의 전투력이 대폭 강화됩니다.

성지를 지키기 위한 전투.

이게 성전이 아니면 뭐가 성전이겠어?

"가서 모조리 쓸어버려."

⁂

류진영은 자신의 눈앞에서 벌어지는 광경을 보고 차마 말을 잇지 못했다.

'원래부터 알고 있었지만…… 리멘 교단은 미친놈들뿐이야. 저 사람들이 우리 적이 아닌 게 정말 다행…….'

이곳에 게이트를 비롯하여 백명교의 활동이 보고되었을 때, 류진영은 각성자 인생 처음으로 막연한 공포를 느꼈었다.

왜냐하면 이건 전쟁의 시작이었으니까.

일본은 그동안 전쟁의 영향력이 가장 적었던 국가였다.

중국 내전에 직접적으로 병력을 파견하지도 않았으며, 그저 뒤에서 동맹군들의 병참기지 역할을 수행했다.

그랬던 일본이 이제는 전쟁의 소용돌이로 빨려 들어가게 되었다.

이번 토벌전이 일본 참전의 시발점이라는 것은 누구나 다 알고 있는 사실이었다.

그래서 정말 큰 각오를 하고 이곳에 왔다.

첫 전투를 승리로 거두는 것이 앞으로의 전쟁에 있어서 아주 중요했기 때문이다.

그렇기 때문에 일본 정부는 류진영에게 일본이 보유한 최정예 각성자들을 붙여 주었다.

압도적인 승리를 거두어야만 국민들을 안심시킬 수 있을 테니, 어찌 보면 당연한 선택이라고 할 수 있었다.

하지만 지금 류진영과 일본의 최정예 각성자들 앞에 펼쳐지는 장면들은 그들의 예상과 너무나도 동떨어져 있었다.

콰지지지지직—.

끼에에에에에에엑—.

콰아아아아아아아앙!

리멘 교단의 병력이 일방적으로 적들을 몰아붙인다.

센다이 성지에 설치되어 있던 미사일 발사대에서 솟아오른 천벌 미사일들이 몬스터들을 가차 없이 폭격하고 있었고, 쉴 새 없이 하얀색의 불기둥이 솟아올랐다.

"리멘님을 위하여!"

"불신자들을 정화하라! 사악한 이들을 몰아내라!"

리멘 교단의 성기사와 사제 들은 하얀색 불꽃이 뜨겁지도 않은지 거칠 것 없이 불길 속으로 파고든다.

성기사들은 철퇴와 검을 휘두르며 적의 목숨을 끊었고, 사제들은 주먹으로 대가리를 박살 낸다.

'……중국 내전이 저들을 저렇게까지 성장시킨 건가?'

류진영은 지금까지 자신이 리멘 교단의 전투원들에 대해

우리 교황님 좀
말려 주세요

서 잘 알고 있다고 생각했다.

2기 교육생에 속한 일본인들과 꽤 친분이 있기도 했고, 그들의 전투 방식은 자주 견식했었으니까.

하지만 지금 그의 눈에 들어오는 건 산전수전을 다 겪은 베테랑들이었다.

순간적인 판단력.

변수에 대응하는 부드러운 임기응변까지.

숱한 경험에서 우러나오는 듯한 유기적인 조직력은 분명 베테랑들만 보여 줄 수 있는 힘이었다.

'저런 각성자들이 있다는 이야기는 들어 본 적이 없다.'

저들의 전투력이라면 일찍부터 주목받았어야만 했다.

개개인이 S급 각성자를 넘보는 듯한 강력한 전투력.

설마, 리멘 교단이 여태까지 병력을 숨겨 왔던 걸까?

"에덴에서 넘어온 성기사와 사제 들입니다. 에덴에 드리운 암흑을 거두어 낸 위대한 용사들이지요."

"아, 라파르트 대주교님."

류진영은 어느새 본인의 옆에 선 라파르트 대주교를 향해 정중하게 고개를 숙였다.

리멘 교단의 실무를 담당하는 실세.

그러나 류진영은 이 노인 역시 괴물이라는 걸 누구보다 잘 알고 있었다.

"리멘님께서 이 땅을 구원하기 위해 저들을 보내 주셨습

니다."

"……저들이 에덴에서 넘어왔다는 말씀이십니까?"

"그렇습니다."

"놀랍군요."

믿지 못할 이야기는 아니었다.

이미 루나와 레오라는, 에덴 출신의 이계인이 있었으니까.

류진영은 리멘이 실재한다는 것을 알고 있었다. 그렇기 때문에 거기까지는 충분히 그녀가 일으킨 기적이라고 생각했다.

하지만 저들이 보여 주는 강함은 정말 놀라움의 연속이었다.

에덴이라는 세계는 도대체 어떤 곳이기에 저런 괴물 같은 자들이 즐비해 있단 말인가.

"정말 강한 군대입니다. 여태껏 저런 군대는 본 적이 없습니다. 비결이 있습니까?"

그는 나지막하게 감탄사를 내뱉었다.

그러자 라파르트 대주교가 씁쓸하다는 표정을 지으며 대답했다.

"에덴에 있는 모든 이들이 저들처럼 강한 건 아닙니다. 저들이 강한 이유는 하나입니다."

"무엇입니까?"

"저들은 전쟁에서 살아남은 이들이기 때문이지요."

류진영은 언젠가 김시우가 자신에게 해 주었던 옛날이야기를 떠올렸다.

멸망 직전에 놓였던 세계를 구하고 돌아왔다는 이야기를 말이다.

"저들이 강했기에 살아남은 게 아닙니다. 저들은 살아남았기에 강해진 겁니다. 저들은 옳은 길을 위해 기꺼이 목숨을 내던진 동료들의 목숨을 짊어진 채로 싸웁니다."

수많은 죽음을 목격하고, 또 극복하는 과정을 통해 단련된 존재들.

라파르트 대주교는 그 어느 때보다 힘찬 목소리로 말을 이어 갔다.

"저들이야말로 지금의 리멘 교단을 만들어 낸, 살아 있는 역사입니다."

성기사들이 빛을 머금은 채로 어둠을 꿰뚫는다.

이질적이고 끔찍하게 생긴 괴물들을 향해 가차 없이 응징을 내린다.

그들을 향해 몰려든 수천의 적들은 반항조차 하지 못한 채로 쓸려 나간다.

"에덴에서 살아 숨 쉬는 모든 이들은 한 남자에게 빚을 지고 있습니다. 우리는 그에게 빚을 갚기 위해서 기꺼이 이 세계에 발을 내디뎠습니다."

콰아아아아앙!

몬스터들이 뭉쳐 만들어 낸 해일 가운데를 거대한 빛의 창이 꿰뚫는다.

그 창은 넓은 길을 만들어 냈다.

그리고 그 길을 통해 앞으로 달려 나가는 한 남자.

그의 뒤를 따라 다른 성기사와 사제 들도 일제히 돌격을 개시한다.

"우리가 모시는 리멘께서 자신의 사도로 임명하신 분. 에덴에 즐비했던 죽음을 몰아내고, 그 땅 위에 다시 생명이 피어날 수 있게 해 주신 분."

라파르트 대주교는 천천히 전장을 주시했다.

그리고 전장의 선두에 서서 병력을 이끄는 이를 바라보면서 고개를 끄덕였다.

"그분이 바로 우리의 교황 성하십니다. 그렇기에 우리는 성하를 위해서라면 언제든지 목숨을 바칠 겁니다. 목숨으로 갚아도 부족할, 너무나도 큰 빚이기 때문입니다."

몬스터들이 무너져 내린다.

게이트에서 튀어나온 몬스터들은 모두 공포에 휩싸인 채로 뒤로 도망친다.

게이트에서 밀려 나오는 몬스터.

전장에서 이탈하고자 하는 몬스터.

공포에 질려 미쳐 버린 몬스터.

녀석들은 한데 뒤엉켜서 비명을 내지르고 있었다.

"아."

류진영은 가장 앞에서 몬스터들을 학살하고 있는 김시우를 바라보며 작게 탄성을 내뱉었다.

어째서 리멘 교단에 속한 이들이 김시우를 위해서라면 물불을 안 가리는지 알 것도 같았다.

민족의 배신자라고 불렸던 자신을, 그 구렁텅이에서 꺼내준 게 누구였던가.

바로 저 남자다.

저 남자는 모두가 손가락질하는 자신에게 선뜻 손을 내밀어 주었다.

덕분에 그는 명예도, 사랑도 되찾았다.

"라파르트 대주교님."

그는 나지막하게 라파르트 대주교를 불렀다. 그러자 라파르트 대주교가 웃으면서 답했다.

"예, 말씀하시지요."

"저도 저 남자에게 빚이 있습니다. 그러니 함께 싸우겠습니다."

다른 일본 각성자들은 이곳에 대기시키더라도 그만은 함께 싸우고 싶었다.

그렇게라도 조금씩이나마 이 빚을 갚아 나가고 싶었다.

류진영의 말에 담긴 진심을 느꼈을까?

"이곳은 제가 맡고 있겠습니다. 편히 다녀오시지요. 성하께서도 좋아하실 겁니다."

라파르트 대주교는 흔쾌히 고개를 끄덕이며 답했다.

류진영은 라파르트 대주교를 향해 정중하게 고개를 숙인 후, 곧바로 순간 이동을 사용하며 전장 속으로 뛰어들었다.

라파르트 대주교는 그가 사라진 자리를 바라보며 흐뭇한 표정으로 중얼거렸다.

"다들 그렇게 조금씩 갚아 나가는 겁니다."

전투는 어느덧 절정으로 치닫는 중이었다.

⚜

에덴에서 넘어온 병력은 분명히 강하다.

그냥 딱 놓고 보더라도 지구의 어지간한 각성자들은 뺨을 후려칠 수 있는 수준이다.

그건 어찌 보면 당연한 거다.

매일을 지옥 속에서 살아온 자들이 약할 리가 있나.

하여간에 그 정도로 강한 병력에, 〈성전〉이라는 말도 안 되는 버프가 적용되었다.

활활 타오르는 불길 속에 유전 하나를 터트려 넣은 꼴이다.

효과는 당연히 미친 수준이지.

"밀어붙여!"

"야, 이 새끼들아! 정신을 어디에다가 놓고 다니는 거야?

어! 전쟁이 누구 장난이야?"

"전투 끝나고 보자. 이 새끼들, 처음부터 다시 시작해야겠 어!"

에덴에서 넘어온 녀석들은 쉴 새 없이 지구 출신 성기사와 사제 들을 갈군다.

전투 중에 방심은 금물이다.

그렇기 때문에 극한의 상황으로 몰아붙이고, 쉴 새 없이 움직이게 한다.

전투는 실전 경험을 고스란히 전수해 줄 수 있는 좋은 기 회였다.

그리고 저런 건 내가 일부러 저들에게 부탁한 부분이기도 했다.

경험은 많을수록 좋다.

경험이 많을수록 전장에서의 생존률이 높아진다.

콰아아아아앙-.

나는 나로부터 도망치려던 트롤 한 마리의 목을 통째로 날 려 버리면서 앞으로 나아갔다.

승기는 이미 우리가 잡았다.

적들은 패주하여 살길을 도모하고 있었으나, 녀석들에게 활로는 없었다.

다만, 숫자가 너무 많다.

뚫어도 뚫어도 게이트에서 기어 나오는 놈들의 숫자가 더 많다.

지난번에 플루토로부터 베낀 공간 이동 기술을 사용하면 코어까지 단번에 다가설 수는 있겠다만, 몬스터들이 한 마리라도 빠져나가지 않게 하려면 게이트 바로 앞까지 본대를 진격시켜야 한다.

마법 지원을 받으면 조금 더 수월했을 것 같기도 하고.

게이트에서 기어 나오고 있는 놈들을 얼음으로 얼리거나 돌로 만들어 버리면 병목현상이 일어날 것 같기도 한데 말이지.

그때였다.

우우우웅.

내 옆에 잠깐 마력이 감지되더니, 익숙한 남자가 모습을 드러냈다.

"시우야."

"오, 진영이 형."

"도저히 가만히 있을 수가 없어서. 라파르트 대주교님에게 지휘권을 넘겨주고 왔다."

"일본 각성자들이 순순히 따를 것 같지는 않은데요."

내 말에 진영이 형은 피식 웃으면서 답했다.

"말 안 들으면 대주교님께서 쥐어 패시겠지."

"그렇긴 하죠. 아무튼 잘 오셨어요. 안 그래도 마법사의 지원을 기다리고 있었거든요."

나는 게이트를 가리키면서 말했다.

"제가 직접 게이트 안으로 들어가서 코어를 파괴하고 나올 겁니다."

"코어가 안쪽에 있어?"

"불행히도 그러네요."

코어가 밖에 있는 경우도 더러 있지만 이번 경우는 질이 좀 나쁘다.

코어가 게이트 내부에 있는 경우.

즉, 직접 안으로 들어가서 박살을 내고 와야 한다.

몇 번 경험한 적이 있던 형태라서 무리는 없지만, 문제는 저 안에 무엇이 기다리고 있을지다.

나는 손가락으로 게이트를 가리키면서 말했다.

"형님이 게이트에서 나오는 놈들을 묶어 주세요."

진영이 형은 디재스터급 귀환자.

대마법사의 경지를 넘보고 있거나, 어쩌면 이미 그 경지에 들어섰을지도 모르는 마법사다.

설화나 강채아 씨보다 훨씬 뛰어난 마법사라는 뜻이다.

내 말에 진영이 형은 고갤 끄덕이면서 마력을 끌어올렸다.

"절반 정도. 절반 정도는 막을 수 있어."

"시간은?"

"5분 정도?"

"그 정도만 벌어 줘도 됩니다. 우리 본대가 게이트 앞까지 진격할 시간만 벌어 주시면 돼요."

신성력은 수성할 때 더 큰 빛을 발하는 기운이다.

게이트의 앞까지 도착할 수만 있다면, 게이트쯤은 우리 병력으로도 충분히 틀어막을 수 있다.

곳곳에 숨어 있는 백명교의 신도 놈들이 변수가 되겠지만, 그건 이제 일본 각성자들에게 맡기면 될 테고.

"바로 시작한다."

"예."

진영이 형은 마력을 방출하면서 주문을 읊었다.

언어의 축복을 받은 나조차도 이해할 수 없는 주문.

그렇다는 말은 마력이 깃든 주문, 즉 시동어라는 뜻이다.

그렇게 한 5초쯤 지났을까?

콰드드드득.

대지에서 거대한 뿌리들이 자라나면서 게이트를 휘감기 시작했다.

"들어가라."

"예. 레오, 루나, 게이트 앞까지 밀어붙인 다음에 방어진 형성해!"

내 명령에 저 멀리서 몬스터들을 처리하고 있던 레오와 루나가 동시에 소리쳤다.

"예!"

좋아.

일단 이곳은 확실히 주도권을 잡을 거고, 이제는 **빠르게** 게이트를 넘어가서 코어를 마무리 지을 차례.

우우웅.

나는 격을 슬쩍 끌어올리면서 단숨에 공간의 틈을 파고들었다.

격을 이용해 공간을 접어 버린 후, 그 접은 틈 사이로 파고든다.

그것이 내가 습득한 공간 이동의 간단한 원리.

순식간에 1km가 넘는 공간을 뛰어넘어, 그대로 게이트 안으로 파고들어 갔다.

그러자 곧 게이트 내부의 풍경들이 적나라하게 드러났다.

불타오르고 있는 땅.

그리고 그 땅 위에서 신성력을 내뿜으며 몬스터들을 게이트 너머로 내몰고 있는 '얼굴 없는 자들'.

쿠르르르르릉.

땅이 뒤집어지며 곳곳에서 빌딩 크기의 거인들이 우후죽순 등장하기 시작한다.

나는 녀석들을 향해 활짝 웃으면서 말했다.

"자, 너희도 죽어 봐야지?"

지옥은 이제 막 시작되었을 뿐이다.

업보는 돌아온다

게이트의 코어를 파괴하는 데 걸린 시간은 딱 10분.

거인 50마리, '얼굴 없는 자들' 열 마리.

아마도 거인들은 그 일그러진 세계의 원주민이었던 것 같다.

고대 신의 신성력에 의해 영혼을 빼앗긴 존재들.

나는 그들 모두에게 영원한 안식을 선사했다.

고대 신의 신성력에 의해 영혼이 완전히 타락한 이들에게 영원한 안식이란 오로지 죽음뿐.

적들을 모두 분쇄한 이후 마주한 게이트의 코어는 예상했던 것보다 훨씬 참혹했다.

고대 신들의 권능으로 이어진 두 개의 차원.

통로를 연 것은 고대 신의 힘이었겠으나, 그 통로를 유지하고 있던 건 수많은 제물들의 생명력이었다.

목적을 위해서는 수단과 방법을 가리지 않는 놈들.

살지도, 죽지도 못한 제물들이 빨대가 꼽혀서 에너지를 공급하는 장면은 정화자나 이놈들이나 별다를 것 없다는 걸 알려 주었다.

대지 곳곳에서 불길까지 타오르니 지옥이 따로 없었달까.

아무튼.

게이트 너머의 코어를 부수고, 차원의 문이 닫히기 전에 재빠르게 지구로 복귀했다.

지구로 다시 돌아오자마자 나를 맞이한 건 몬스터들의 사체로 만들어진 산이었다.

화르르륵.

나는 손가락을 가볍게 튕겨서 성화를 피워 냈다. 그러자 곧 몬스터들의 역한 냄새를 피우던 사체가 성화의 불길 속에서 재가 되어 휘날린다.

휘이이이잉.

시야를 가릴 정도로 자욱한 재는 마력이 깃든 바람에 휘날리며 사라진다.

그리고 곧 그 사체의 산 너머에서 나를 기다리고 있던 우리 교단의 병력이 보였다.

"돌아오셨습니까, 교황 성하!"

"돌아오셨습니까!"

그들은 피곤한 기색 일절 없이 무릎을 꿇은 채 나에게 예를 표했다.

그들이 입고 있던 갑옷과 사제복은 이미 몬스터들의 피로 물들어 있었다.

나는 그런 그들을 향해 다시 한번 손가락을 튕겼다.

스으으윽.

내 몸에서 흘러나간 신성력이 그들의 몸을 더럽힌 피를 닦아 냈다.

"루나, 레오."

앞으로 걸어가면서 레오와 루나를 불렀다.

그러자 둘이 재빠르게 내 옆으로 다가왔다.

"사상자 보고."

내 질문에 답한 건 레오였다.

"사망자 0, 부상자 117. 목숨이 위급한 중상자도 없습니다."

〈성전〉의 말도 안 되는 버프 효과.

성지를 막아 내기 위해서는 목숨이 완전히 끊기기 전까지 쓰러질 수 없다.

신념으로 무장한 전사들을 멈추기 위해서는 딱 한 가지.

단숨에 목숨을 끊어 버리는 수밖에 없었을 것이다.

하지만 우리 노련한 베테랑들이 그런 각을 내줬을 리가 있겠어?

교단의 교육생들이 가장 먼저 배우는 게 바로 '최대한 덜 아프게 맞는 법'이다.

"고생들 했다."

"리멘께 영광스러운 승리를 바칩니다. 고생하셨습니다, 성하."

"고생하셨습니다, 성하!"

모두가 우렁차게 한목소리로 외치자 바닥이 흔들리는 것만 같은 기분이다.

이거 뭔가 분위기가 교단이 아니라…… 진짜 조폭들인 것 같은데?

하여튼 사망자가 없다니 듣던 중 반가운 소리다.

그야말로 완벽한 승리.

나는 흡족한 표정으로 우리 자랑스러운 형제자매들을 바라보았다.

이건 시작이다.

"다들 살아남아 줘서 고맙다."

앞으로 우리는 셀 수 없이 많은 전투를 치르게 될 것이다.

백명교, 더 나아가 정화자까지.

끔찍이도 많은 적들이 우리를 짓밟기 위해서 움직일 테지.

이런 혼란스러운 세상을 이겨 내기 위해 필요한 건 오로지 하나다.

압도적인 무력.

평화?

평화를 가져오는 법은 너무나도 단순하다.

우리를 위협하는 모든 적들을 제거한다면, 그게 바로 평화다.

"오늘의 전투로 우리의 적들은 리멘 교단의 힘을 뼈저리게 실감했을 것이다. 그러니 너희는 스스로를 자랑스러워해도 좋다. 하지만 한 가지만 명심해라."

나는 나를 바라보는 그들을 향해 웃으면서 말했다.

"승리에 취하지는 말아라. 아직 지구에는 너희를 필요로 하는 곳이 많다. 이 땅을 밟고 있는 모든 적들이 사라지는 그 날까지, 우리는 쉴 수 없다."

솔직히 말하자면 우리가 언제까지 싸우게 될지는 잘 모르겠다.

그러나 이 든든한 동료들과 함께라면 어디든 두렵지가 않았다.

"이상. 부상자를 수습하고, 모두 신전으로 복귀한다."

에덴의 선배들과 지구의 후배들이 함께한 역사적인 첫 전투는 전사자 0명이라는 압도적인 기록과 함께 마무리되었다.

그리고 그 소식은 전투가 끝난 지 30분 후, 일본의 수많은 언론들에 의해 전 세계로 퍼져 나가기 시작했다.

〈일본, 다시 한번 리멘 교단의 은혜를 입다〉

〈전사자 0명. 리멘 교단의 믿기 힘든 대승!〉

〈승리의 원동력은 이계에서 넘어온 의문의 병사들?〉

〈갈 데까지 가는 백명교. 한때 리멘 교단을 위협했던 경쟁자의 비참한 추락〉

〈일본 사사기 히로토 총리, '백명교의 추악한 전쟁 범죄를 지탄한다. 리멘 교단의 지원이 아니었다면 수많은 민간인들이 피해를 입었을 것. 일본은 그들에게 반드시 죗값을 물을 것.'〉

〈일본 정부, 각성자 동원령 선포〉

전투가 끝나자마자 보도되기 시작한 속보들.

세계의 관심은 당연히 우리 리멘 교단에 집중되어 있었다.

리멘 교단의 교육생들은 다른 각성자들에 비해 엄청난 속도로 성장하기는 했으나, 세간의 평가는 '그래도 아직 유망주 레벨일 뿐이다.'라는 게 정설이었다.

그간에는 나와 레오, 루나 등 소수의 간부들이 이끄는 소수 정예 느낌이 아주 강했다.

이레귤러가 소속된 집단이니까 어쩔 수 없는 평가였기는 했다.

하지만 이번 전투가 끝난 이후, 종군기자가 목숨을 걸고 담아낸 영상이 공개되자마자 세간의 평가는 확 달라지게 되었다.

내가 게이트 코어를 파괴하기 위해 게이트 내부로 진입한 이후, 게이트의 바로 앞에서 펼쳐진 치열한 전투.

오히려 내가 전장을 이탈했던 상태였기 때문에 교단의 순수한 전투력을 증명할 수 있는 좋은 기회였다.

"대장간에서 예산을 추가 배정해 달라는 요청서가 들어왔습니다."

"재정 상태는?"

"충분합니다. 제 선에서 바로 허가를 내줬습니다. 미스릴과 마정석을 구매하기 위해서 소비되는 금액입니다. 박지원 고문이 해외 대형 길드와 공급 계약을 즉시 체결했습니다. 거래 가격은 평상시보다 비싸지만, 전시인 걸 고려했을 때 합리적인 가격으로 사료됩니다."

"장비에 돈을 아끼지 마세요."

"예, 성하."

우리는 재정비를 위해 잠시 서울의 신전으로 돌아왔다.

부상자들의 치료부터 시작해서, 이번 전투로 우리 병력이 보유한 장비가 상당수 손상되었기 때문이다.

현재 요하를 기준으로 형성된 전선은 잠시 정체되어 있는 상황.

전쟁의 목적 자체가 백명교를 징벌하는 데에 있었기 때문에 민생을 아예 무시할 수가 없었다.

점령 지역의 치안 유지는 물론, 구호 작업까지 병행할 수밖에 없었다.

중국 정부와 백명교가 워낙 개판을 쳐 뒀어야 말이지.

나는 라파르트 대주교가 건네주는 보고서를 빠르게 읽어 내려갔다.

확실히 전시가 되니 평시보다 처리해야 할 일이 훨씬 많아졌다.

"한데 성하."

"예, 말씀하세요, 대주교님."

"교단의 전투 영상이 확산되고 있는데, 저리 두어도 괜찮겠는지요."

인터넷에서는 하루가 다르게 리멘 교단의 전투 영상이 퍼져 나가고 있다.

게이트에서 몰려 나오는 괴물들을 상대하는 성기사들과 사제들의 모습이 담긴 영상.

내가 봐도 뭔가 가슴이 찡해질 정도로 처절하고, 심지어 고결하다는 인상까지 받았다.

관계자인 내가 그 정도니 다른 사람은 오죽할까?

덕분에 대한민국, 일본뿐만 아니라 전 세계에서 주목하는 영상이 되었다.

어딜 가나 우리 교단에 대한 이야기가 흘러나오고 있다고 하면 이해가 쉬울 것 같다.

나는 보고서를 넘기면서 피식 미소를 지었다.

"내버려 두세요. 교단의 명성이 높아지면 좋죠. 솔직히 여태까지는 제 원 맨 팀이라는 느낌도 없잖아 있었으니까요."

"교단의 전략을 노출하는 것 같아서 마음이 좀 무겁습니다."

"적들이 저 영상을 본다고 해서 달라지는 게 있겠습니까?"

영상은 19금 판정이 날 정도로 잔인하고 폭력적이었다.

전략?

그딴 거 없었다.

그냥 적을 부수고, 깨부수고, 박살 냈을 뿐이다.

굳이 그걸 전략이라고 한다면…… 마구잡이로 박살 내기, 정도가 되겠다.

"오히려 저쪽의 사기를 떨어트리는 효과를 가져올 수는 있죠."

"……그렇군요."

"어떤 부분을 걱정하시는지는 잘 알겠지만, 어차피 영상이 공개되지 않았어도 백명교 측은 전력 분석을 시작했을 겁니다."

센다이시의 토벌 현장에서 살아 나간 백명교의 신도들이 몇 있었을 것이다.

그리고 백명교는 그들을 토대로 대처 방법을 만들어 내

겠지.

하지만 그들이 아무리 연구를 하더라도 상관이 없다.

센다이전은 어디까지나 우리 교단의 단독 작전.

비록 센다이 신전에서 생산한 천벌 미사일의 화력 지원이 있었지만, 실제 전장에서 우리 교단만 움직이는 경우는 많이 없을 것이다.

"데뷔전으로는 더할 나위 없이 완벽했습니다. 그러니 걱정하지 마세요."

"알겠습니다."

라파르트 대주교는 언제나 최악을 가정해 두는 사람이다.

그만큼 철두철미한 사람이었기에 내가 항상 도움을 받는다.

에덴에서도 그랬다.

그가 만일의 경우까지 생각해 두었기에 수습할 수 있었던 일도 많았다.

나는 보고서를 내려놓으면서 라파르트 대주교를 바라보았다.

"모든 전쟁이 끝나면, 에덴으로 돌아갈 수 있게 해 드릴게요. 약속드립니다."

나에게는 에덴의 필멸자들을 다시 원래 세계로 돌려보내야 할 막중한 사명이 있다······.

"무슨 소리를 하시는 겁니까, 성하."

"예?"

"저는 돌아가지 않습니다. 지구에 묻히는 게 이 늙은이의 마지막 소원입니다."

"……언제부터요?"

"그렇게 생각한 지 좀 되었습니다."

……할머니 때문인가?

"레오 대주교와 루나 레벤톤 경 역시 저와 같은 생각입니다."

"그 둘은 일찍이 예상하고 있었어요."

지구 문명의 편리함을 만끽한 놈들이 설마 에덴으로 돌아가려고 하겠어?

레오는 가족이 없고, 루나는 가족이 있는데…… 지난번에 슬쩍 물어봤을 때 뭐라고 했더라?

'이제 애들도 거의 다 컸는데 지들이 알아서 하겠죠. 여차하면 성하가 우리 애들 좀 데려와 주시면 안 돼요?'라고 하더라.

하여간에 못 말리는 녀석들이라니까.

그렇게 나는 한 30분 정도를 집무실에 앉아서 전쟁 물자와 관련된 서류들을 처리했다.

그동안 교단이 열심히 모아 뒀던 돈들이 빠르게 소진되고 있기는 했지만, 어차피 우리가 뭐 사업체도 아닌데 돈을 많이 모아 둘 필요는 없었다.

쓸 때는 써야지.

이럴 때 아니면 또 언제 쓰겠냐고.

똑똑똑.

내가 모든 서류를 처리하고 한숨을 돌릴 때였다.

"들어오세요."

내가 신전에 있다는 걸 어떻게 알았는지 손님이 찾아왔다.

"교황님."

"아, 김 실장님."

손님은 바로 이능관리부의 김 실장이었다.

김 실장은 나에게 정중하게 묵례를 한 다음, 천천히 나에게로 다가왔다.

"전쟁 때문에 바쁘실 텐데 어쩐 일로?"

"교황님께 전달해 드릴 서류가 있어 이렇게 직접 찾아뵈었습니다."

김 실장이 이렇게 다급하게 찾아왔을 정도면 뭔가 일이 벌어졌다는 뜻인데…….

일단 이야기나 들어 보자.

나는 라파르트 대주교를 슬쩍 쳐다보았고, 라파르트 대주교는 섬세한 동작으로 차를 내려 주었다. 그리고 나를 향해 허리를 숙여 인사했다.

"그럼 편하게 말씀 나누십시오."

라파르트 대주교가 집무실에서 나간 후, 김 실장은 서류

가방에서 서류 하나를 꺼냈다.

대한민국 외교부로 발송된 공문.

"지금으로부터 1시간 전, 중국 정부에서 대한민국 외교부로 발송한 문서입니다."

"흠."

그 서류를 빠르게 읽어 내려갔다.

그리고 잠시 후, 나는 김 실장을 바라보면서 눈살을 지그시 찌푸렸다.

"제가 잘못 본 게 아니라면 이건⋯⋯."

"예, 맞습니다."

김 실장은 차를 마시면서 숨을 돌린 다음, 나지막한 목소리로 말했다.

"백명교 측에서 리멘 교단, 백명교, 정화자, 이렇게 삼자회담을 제안했습니다. 참석 인원은 지도자와 수행원 세 명. 즉, 지도자급 회담입니다."

"하."

⋯⋯지금 이거 누구 죽창이 더 날카로운지 한번 재 보자는 건가?

⁂

"이 새끼들이 진짜 무슨 생각인 거지? 성하, 회담이 뭐 필요하겠어요? 어차피 죽일 놈들인데, 그냥 전장에서 죽이죠."

"아닙니다, 성하. 이건 절호의 기회입니다. 이번 기회에 사악한 악적들을 한데 모아 죽일 수 있지 않겠습니까? 교단의 병력을 일거에 투입하여 휩쓰는 것 또한 방법 중 하나일지도 모릅니다."

"듣고 보니 레오의 말도 맞는 것 같은데, 그냥 확 저질러 버리시죠."

개판이다.

진짜, 개판이 따로 없다.

지도자급 회담 제안이 들어온 이후로, 집무실에서는 회의가 이어졌다.

전쟁 중이라서 그런가?

망나니 기질을 지니고 있던 루나의 광증이 도진 것 같다.

무기라도 손에 들려 있었어 봐.

진짜 집무실 가구 몇 개는 박살 냈을지도 모른다.

나는 손으로 이마를 짚으면서 고개를 절레절레 내저었다.

"루나는 원래 그렇다고 치고, 레오 너는 갑자기 왜 이러냐?"

항상 평정심을 유지하던 레오가 어쩐 일일까?

내 질문에 레오는 고개를 숙이면서 답했다.

"백명교와 정화자, 이 두 세력의 난립으로 인해 수많은 생명이 스러져 가고 있습니다. 성하께서도 지난번에 보셨잖습니까? 어린아이를 제물로 바치거나, 방패로 삼는 만행을 저질렀습니다."

"그렇지."

이미 종군기자에 의해서 정화자의 참상은 많이 보도되었다.

남녀노소를 불문하고 피를 뽑아 의식을 치르던 끔찍한 모습까지.

그리고 백명교 놈들도 요새 빠른 속도로 여론이 악화되고 있었다.

전략적으로 중요한 지점에 어린아이들에게 교리를 가르쳐 준다는 명목으로 교리 학교를 건설해 두었기 때문이다.

아마 그래서 레오의 눈이 저렇게 돌아 버린 것 같다.

그 점은 충분히 이해할 수 있었다.

"그러니까 레오 네 말을 정리하자면 이거지. 회담까지는 가되, 거기에서 싸그리 나쁜 놈들을 토벌한다?"

"그렇습니다."

"진짜 죽창 대결을 하자고?"

수행원을 무려 세 명이나 데려가는 회담이다.

백명교나 정화자에서 어떤 수행원을 데려올지는 모르겠지만, 하나같이 이레귤러급은 데려오겠지.

핵폭탄 아홉 개가 동시에 터진다?

쾅! 그냥 그대로 멸망이다.

게다가 김 실장이 뒤에 전해 온 소식은 나조차도 꽤 당황스러운 것이었다.

—정화자 측에서는 이에 응했습니다. 백명교와 리멘 교단을 배려하여 회담 장소는 리멘 교단 측이 정한다, 이런 조건을 내걸었습니다. 백명교 역시 이 조건을 수용했습니다.

단칼에 거절할 줄로만 알았던 정화자 놈들이 저 말도 안 되는 조건을 수용한 것이다.

우리가 함정을 팔 수도 있다는 생각은 안 하는 건가?

그만큼 본인들의 힘에 자신이 있다는 건가?

아니면…….

"진원지를 내 땅으로 해 두면…… 내가 내 땅에서 핵폭탄을 터트릴 일은 없을 거다, 뭐 그런 건가?"

그렇게 생각하니 말이 되는군.

백명교에서 제의한 거니까, 우리까지만 수락하면 회담은 성사되는 거다.

한데 본질적인 질문은 이거다.

"도대체 왜?"

삼자 회담을 통해서 평화로운 해결법을 모색한다?

그딴 건 명분이 될 수야 있겠지만, 숨은 속뜻이 되지는 못한다.

이미 세 집단은 공존할 수 없다.

그런 마당에 이렇게 셋이서 만나서 하하호호 웃자는 건 아닐 테고.

내가 머리를 싸매면서 이 회담의 의미를 찾고 있을 때, 가만히 서서 이야기를 듣고 있던 라파르트 대주교가 조심스럽게 이야기를 꺼냈다.

"호기심 때문이 아니겠는지요."

"……호기심이요?"

"전장에서 숱하게 맞붙은 자들은 한 번쯤 자신의 적수를 직접 만나고 싶어 합니다. 정화자 지도자의 성향을 생각해 보았을 때, 그는 정말 즉흥적인 인물입니다. 자신의 적수와 직접 만나고 싶었을 테지요."

"몇 번 만난 것 같은데."

"아무래도 본체로 오지 않겠습니까? 서로의 힘을 눈대중할 수 있는 좋은 기회입니다."

"눈대중이라."

대한민국의 인터넷에서 지금의 판도를 두고 '신삼국지'라고 표현했던 게시글을 봤었다.

서쪽의 정화자, 북쪽의 백명교, 남쪽의 리멘 교단.

얼추 삼국지랑 비슷한 양상이긴 하지.

장강을 경계선으로 분단된 상황이긴 하니까.

"백명교의 대교구장과 정화자의 무명은 만난 적이 없을 겁

니다."

"머리가 복잡하네요."

"이럴 때일수록 단순하게 생각하시지요."

라파르트 대주교는 고개를 정중히 숙이며 말을 이어 갔다.

"평화를 위한 회담을 이쪽에서 거절했다고 한다면, 백명교는 그 즉시 리멘 교단에게 전쟁광이라는 프레임을 씌울 겁니다. 즉, 이번 회담은 백명교로서도 잃을 게 없습니다. 본디 가진 게 많은 자들이 잃을 게 더 많습니다."

"가진 걸 지키려다가 더 많은 걸 잃을 수도 있죠. 게다가 회담을 진행할 중립 지역도 마땅찮아요. 최소 핵폭탄 아홉 발을 대한민국에다가 수용하기에는…… 아."

중립 지역이야 있지, 어디까지나 명목상의 중립 지역.

"상해?"

상해.

현재, 소위 '남중국'이라고 불리는 지역에 위치해 있으며 리멘 교단의 신전까지 있는 곳.

이세민이 이끄는 병력이 북진을 하고 있으나 그건 어디까지나 '반란군 토벌'이 명분이다.

형식상 중립 지역은 맞다.

나는 한숨을 푹 내쉬면서 고개를 가로저었다.

"아무리 그래도 그놈들과 회담을 진행하는 건 미친 짓입니다."

"저는 그저 성하께서 속으로 고민을 하고 계시는 듯하여 대신 이야기를 꺼냈을 뿐입니다."

"제가요?"

"예, 성하."

라파르트 대주교는 눈을 슬며시 감으면서 말했다.

"성하께서도 내심 가슴이 동하시는 것 아닙니까?"

"하아."

어차피 깨부술 놈들 면상을 한번 보고 싶기는 하지.

게다가 적의 지도부들이 어떤 역량을 지녔는지 파악할 수 있는 좋은 기회기도 하고.

나는 고개를 절레절레 내저으면서 한숨을 푹 내쉬었다.

이건 나 혼자서 결정할 문제는 아닌 것 같다. 대한민국 역시 전쟁의 당사자기도 했으니, 아무래도 서 대통령에게도 물어봐야 할 것 같았다.

툭툭.

전화를 꺼내서 서 대통령의 번호를 눌렀다.

아마 지금쯤이면 서 대통령 역시 전달을 받았겠지.

백명교가 대한민국의 외교부에게 전달해 달라고 한 문서였으니 말이야.

-전화받았습니다, 김시우 교황님.

전화기 너머에서 서 대통령의 목소리가 들려왔고, 나는 손으로 머리를 대충 쓸어 넘기면서 말했다.

"이미 내용은 보고받으셨으리라 생각합니다."

—백명교의 삼자 회담 제안 말씀이십니까? 예, 전해 들었습니다. 저희는 그 회담과는 관련이 없으니 말을 아끼고 있었습니다.

"아무래도 대통령님의 조언도 필요할 것 같아서요."

—얼마든지요.

나는 다시 한번 한숨을 푹 내쉰 다음, 대통령에게 질문을 던졌다.

"대통령께서는 저희가 어떻게 했으면 좋겠습니까?"

—리멘 교단의 선택에 모든 걸 맡기겠습니다.

"정치적으로 봤을 때는요."

—정치적인 대답을 원하신다면야…… 거절하기도, 승낙하기도 너무 부담스러운 제안이지요. 하지만 제가 만약 김시우 교황님이었다면 승낙했을 겁니다.

"이유가 궁금하네요."

잠시 후.

전화기 너머로 예상치도 못했던 대답이 들려왔다.

—일단 무슨 개소리를 지껄이나 들어 보고, 마음에 안 들면 그 자리에서 쥐어박으면 되잖습니까? 김시우 교황님이라면 가능한 일일 겁니다. 아, 이건 어디까지나 '내가 김시우 교황님이라면!'이라는 가정을 해 본 겁니다.

"대통령님."

-예.

"공감 능력이 정말 뛰어나시네요. 어떻게 저를 그리 잘 아십니까?"

내 질문에 대통령은 큰 소리로 웃더니, 부드러운 목소리로 답했다.

-대통령이 되려면 이 정도 공감 능력은 있어야지 않겠습니까? 기본이지요.

"대통령 되기 참 힘들겠습니다."

-그럼요. 제가 어떻게 올라온 자린데요. 고스톱을 따서 올라온 자리는 아닙니다.

"저는 낙하산인데."

-그것까지 공감해 드리기는 좀…….

그것까지는 공감해 줄 수 없나 보군.

어쩔 수 없지.

하여간에 서 대통령은 그렇게 생각한단 말이지?

아무래도 조만간 나 역시 결정을 내려야겠다.

❧

그로부터 3일 후.

상해에 위치한 리멘 교단의 성지.

"……교황님, 제가 뭐 하나만 여쭈어봐도 되겠습니까?"

"편히 하세요, 세민 씨."

"혹시 이 도시가 교황님께 큰 죄라도 저질렀습니까?"

"그럴 리가요. 이제 막 활기를 되찾아 가는 곳인데요."

"자칫하다가는 상해가 지도에서 사라질지도 모릅니다."

이세민은 걱정스럽다는 표정으로 성지를 둘러본다.

철통 경계에 들어간 성지. 오늘은 민간인의 출입도 금지되어 있었다.

왜냐고?

오늘이 바로 그 비공식 회담 당일이거든.

나는 이세민 씨의 우려에 손을 가볍게 내저으면서 말했다.

"지키고 싶기 때문에 이렇게 세민 씨에게 부탁드린 거 아닙니까?"

"저들이 과연 받아들일지는 모르겠습니다."

"손님들을 어떻게 접대할지는 주인장 마음이죠."

"이레귤러 넷을 이렇게 한곳에 모아 뒀다는 건…… 애초에 회담 동석자는 셋 아닙니까?"

"회담장 안에 들어갈 수 있는 건 셋입니다. 그 셋 모두 리멘 교단의 일원이어야 하구요."

우리가 회담을 승낙하자마자 일 처리는 빠르게 진행되었다.

장소는 상해로 전격 결정.

경호도 우리가 담당하기로 했다.

도대체 뭔 배짱인지는 모르겠다만, 녀석들은 순순히 우리의 아가리 속으로 걸어 들어오겠다더라.

덕분에 나는 이런저런 준비를 다 해 두었다.

혹시나 하는 상황을 억제하기 위해 정말 최선을 다했단 말이지.

나는 성지 앞 정원에서 술을 퍼마시고 있는 에이든을 바라보면서 말했다.

"제 친구들은 그저 상해에 휴가를 왔을 뿐입니다. 세민 씨도 마찬가지잖아요?"

"저쪽에서 그 말을 믿어 줄진 모르겠습니다."

"제가 그렇다면 그런 거죠. 지들이 뭐 어쩔 건데?"

우우우우웅.

성지 곳곳에는 이미 라파엘의 초소형 드론들이 배치되어 있었다.

에이든과 라파엘, 거기에 이세민까지 상해에 들어와 있다.

자현이는 요동을 지켜야 하기 때문에 부르지 못했다.

백명교와 정화자가 이레귤러급을 데려온다고 가정했을 때, 이 도시에 총 열 명의 이레귤러가 모이는 거다.

터지면?

상해뿐만 아니라 이 일대가 지도에서 지워지겠지.

하지만 걱정할 필요 없다.

그렇기에 저 녀석들도 감히 공격할 생각을 못 할 거다.

자고로 힘을 억누르기 위해서는 그에 걸맞은 강력한 힘이 필요한 법.

"최악의 상황은 일어나지 않을 겁니다."

"일어난다면요?"

"……혹시 몰라서 최악의 상황도 가정을 해 두었으니까, 걱정 붙들어 매세요."

테라와 리멘에게 일찍이 말을 해 두었다.

만약 이곳에서 폭탄들이 터질 것 같으면 곧바로 성지 전체를 상해와 분리시켜 달라고.

성지를 분리하는 건 리멘의 역할이고, 분리된 성지를 격리시키는 게 테라의 역할이다.

─다치지 마, 시우.

리멘이 저렇게 다치지 말라고 말해 줬는데, 오늘 이곳에서 다칠 생각은 전혀 없다.

나는 전운이 감도는 성지를 둘러보면서 말했다.

"세민 씨도 크게 걱정하지는 마세요."

"걱정하진 않습니다. 교황님께서 이곳에 계시잖습니까?"

"겸손하시기는."

슬슬 올 때가 되었는데 말이지.

회담 시간이 30분 남았는데, 시간에 딱 맞춰서 오려…….

우우우우웅.

"성하! 백명교 측의 대표단이 도착했습니다!"

"그러네요."

순간적으로 신성력이 폭발할 듯 감지되더니, 곧 성지의 입구에 한 여자와 두 남자가 모습을 드러냈다.

흰색 드레스를 입고 있는 금발의 소녀와 그 뒤를 따르는 백색 갑옷의 성기사들.

소녀는 백명교의 대교구장 신지혜였다.

지난번에 만났을 때 통성명을 했더랬지.

그들의 갑작스러운 등장에 성지 내부에 있던 모든 병력이 전투태세로 돌입한다.

그 자체만으로도 위압감이 느껴질 텐데도 백명교의 대표단은 표정 변화 없이 묵묵히 내 쪽으로 걸어왔다.

신지혜는 내 앞에 도착해서 정중하게 고개를 숙였다.

"이리 또 뵙습니다, 김시우 교황님."

나는 그녀를 향해 귀찮다는 듯이 손을 내저었고, 그녀는 웃으면서 말을 이어 갔다.

"오늘 부디 생산적인 결과가 있기를 기대하고 있습니다. 민중에게도 평화만큼 좋은 선물은 없지 않을까요?"

"일 이야기는 이따가 회담장 안에서 들어가서 하도록 하고."

파지지지직-.

"저기, 마지막 손님 오시네."

허공에서 보라색의 벼락이 일렁거린다. 그 벼락은 상처를 새기는 듯이 허공을 찢어발겼다.

그리고 잠시 후, 그 안에서 세 놈이 모습을 드러냈다.

무명.

그리고 족히 이레귤러급은 되어 보이는 여자와 남자 한 명씩.

나는 신성 결계를 노크하듯 두드리는, 뻔뻔한 표정의 무명을 바라보면서 말했다.

"……천하제일죽창대회, 지금부터 시작합니다."

폭풍을 앞둬서일까.

성지 내부가 숨 막힐 정도로 고요했다.

❁

이곳은 우리 신전의 지하 심문실.

"비공식 회담인 만큼 좋은 자리로 안내해 드리지 못한 점, 죄송하게 생각하진 않습니다."

"그렇군요."

"여러분들에겐 이곳이 딱이야."

나는 입가에 미소를 품은 채, 이곳에 앉아 있는 각 세력의 지도자를 둘러보았다.

우리 교황님좀
말려주세요

신지혜 그리고 무명.

신지혜는 신성력 사용자니 그렇다고 치더라도, 저 무명 놈
의 반응이 참으로 심상치 않았다.

무명은 내가 생각했던 것보다 훨씬 젠틀하게 생겼다.

보라색 양복을 빼어 입은 그는 누구라도 한 번쯤 돌아보게
만들 미남이었지만, 녀석의 품속에는 끔찍한 마기가 자리 잡
고 있었다.

놀라운 건 녀석의 멋들어진 외모가 아니었다.

이곳 상해 성지에는 교단 최강의 성유물 〈심판의 검〉이
꽂혀 있다.

이 심문실과 그리 먼 곳도 아니다.

기껏해야 50m쯤 되는 거리.

엄청난 파마의 힘을 지닌 〈심판의 검〉은 사악한 이에게
있어서 극독이나 다름없었다.

"한증막에 온 듯하니 기분이 아주 좋습니다. 간만에 수련
을 제대로 하는 기분입니다."

하지만 저놈은 뭔가 좀 다르다.

본인뿐만 아니라 본인의 부하들까지 심판의 검으로부터
보호해 주고 있었다.

게다가 녀석에게서 느껴지는 건 높은 수준의 〈격〉.

결국, 저 녀석도 마기의 극한에 이르면서 〈격〉을 얻었다
고 보는 게 맞을 것 같다.

"마신, 우리는 그걸 마신이라고 부릅니다. 제가 모시는 분께서는 저자를 마신이라고 부르죠."

"개나 소나 다 신이네."

"개나 소의 신이라면 그것도 나쁘지 않지요. 어차피 이 세상에는 개, 돼지뿐이지 않습니까?"

무명은 여유로운 표정으로 의자에 앉아서 미소를 지었다.

저놈이 도대체 무슨 생각을 하고 있는지 모르겠다만, 한 가지는 확실하다.

"때리는 맛 좀 있겠어. 다행이야."

내 호승심을 자극할 만한 놈이라는 거.

정화자는 현재 루시퍼를 제외한 나머지 마왕들을 잃었다.

그럼에도 저 세력이 유지될 수 있는 건, 무명의 힘이 이미 그들을 압도적으로 뛰어넘었기 때문이겠지.

결국 마왕 놈들은 저놈에게 이용만 당하다가 버려진 셈이다.

에덴의 위기를 자초했던 놈들의 비참한 최후로 딱 맞다.

인간들을 잡아먹으면서 컸던 놈들이 결국 인간에게 잡아먹힘으로써 최후를 맞이한다.

그것만큼 그놈들에게 마땅한 형벌이 어디에 있을까?

"루시퍼는 어디에 있지?"

"회담 자리가 아니라 꼭 심문 현장 같습니다."

"이곳이 마침 심문실의 역할도 겸해서."

"제가 개인적으로 교황님의 팬이기 때문에 순순히 대답해 드리지요. 그는 지금 제 명령을 받아 베이징으로 진격 중입니다."

"그래도 오늘 이 자리가 평화 회담 자리인데…… 여기에서 할 소리냐?"

"천박하기 그지없군요. 우리 백명교가 이래서 정화자 당신들을 버러지 취급 하는 겁니다."

그때였다.

수우우우웅.

무명의 뒤에 서 있던 여자 한 명이 허공에서 기다란 흑색 검을 뽑아내면서 소리쳤다.

"사이비 교주 주제에 감히 우리의 위대한 분을 음해하려는 것이냐!"

그녀가 칼을 뽑자 기다렸다는 듯이 신지혜의 호위병들도 무기를 꺼냈다.

"더러운 악의 추종자들이!"

"그 검을 뽑을 때 천박한 네놈들의 목숨도 걸었을 터!"

평화라곤 찾아볼 수 없는 정말 환상적인 분위기.

내 뒤에 서서 가만히 이 광경을 지켜보고 있던 레오가 조심스레 말했다.

"말씀만 내려 주십시오. 주변에 심어 둔 신성석을 일제히 폭발시키겠습니다."

그리고 루나는.

"심판의 검 뽑아 올까요?"

"……안 그래도 머리 아프니까 다들 가만히 좀 있어라."

내가 이번에 대동한 인물들은 루나, 레오, 라파르트 대주교다.

내 친구들은 바로 위에서 대기 중이다.

만일의 경우가 생긴다면 일제히 이곳으로 돌입할 수 있도록 준비는 모두 끝내 둔 상태다.

"대교구장이시여, 명령만 내려 주십시오. 이 자리에서 저들을 모두 처리하겠습니다."

"위대한 분이시여! 말씀만 해 주십시오. 저들의 피를 당신께─."

긴장 상태가 정점에 다다를 무렵.

나는 천천히 자리에서 일어섰다.

그리고 백명교와 정화자의 졸개들을 바라보면서 나지막하게 말했다.

"주인들도 가만히 있는데 개새끼들이 자꾸 짖어 대네."

이곳은 리멘 교단의 성지다.

즉, 내 홈그라운드라는 뜻이다.

원래 똥개도 홈그라운드에서는 반은 먹고 들어간다는 말이 있다.

심판의 검이 내뿜는 신성력으로 충만한 이곳.

저놈들이 나름 전투력이 뛰어난 놈들을 데리고 오긴 했다만, 그래 봤자 졸개다.

짜아아아아악ー.

나는 백명교의 호위병들의 싸대기를 후려갈기는 것부터 시작해서, 흑검을 들고 설치던 녀석의 싸대기도 시원하게 후려갈겼다.

신지혜와 무명은 재밌다는 듯이 그 상황을 지켜만 보았다.

그리고 졸개들 중 유일하게 이 상황에 관여하지 않고 있던 정화자의 남자 졸개가 나를 똑바로 쳐다보며 말했다.

"저는 무기를 안 꺼냈습니다만."

"그래서 뭐 어쩌라고."

"예?"

"기분 나쁘게 생겼어."

짜아아아아악.

마지막 그놈을 끝으로 빠르게 상황을 정리한 나는 후련하게 숨을 내뱉으며 다시 의자에 앉았다.

그리고 신지혜와 무명을 번갈아 쳐다보면서 말했다.

"콩트는 여기까지만 하고, 그래도 명색이 회담인데 안건이나 말씀하시죠, 대교구장님."

그러자 신지혜가 웃으면서 고개를 끄덕였다.

"중국 대륙을 비롯하여 전 세계의 인간들이 전쟁으로 인해 괴로워하고 있습니다. 그러니 하루라도 빨리 이쪽의 전쟁을 마무리 짓고, 중동 전쟁까지 저희가 중재를 하는 게 어떨까 싶습니다."

누가 보면 평화를 정말 사랑하는 평화주의자인 줄 알겠다.

저 얼굴로 기도를 하면서 저렇게 말하면 누구라도 한 번쯤은 믿어 줄 것 같긴 하다.

하지만 그런 그녀에게 태클을 거는 사람이 있었으니.

툭.

"거짓말도 성의는 있게 하셔야지요, 대교구장."

바로 무명이었다.

무명은 품속에서 사진을 몇 장 꺼내서 책상 위에 던져 두었다.

사진을 대충 보아하니 백명교가 여태까지 준비하고 있는 엄청난 병력과 무기들에 대한 것이었다.

"증거가 이렇게 버젓이 있는데, 평화를 꿈꾸시는 분이 맞습니까? 저도 처음에 확인했을 때는 꽤 놀랐습니다. 백명교에서는 세계 정복을 준비하고 있는 듯 보이더군요."

무명은 실실 웃으면서 말을 내뱉은 다음, 나를 슬쩍 쳐다보면서 말했다.

"원하신다면 자료를 공유해 드릴 수 있습니다."

"정화자가 할 말은 아닌 것 같은데."

내 질문에 녀석은 어깨를 으쓱이면서 대답했다.

"저희는 평화를 바라지 않습니다. 혼돈, 끝없는 혼돈만이 저희의 목표니까요."

"그딴 마인드면 왜 평화 회담에 응했냐고."

"심심하잖습니까?"

"……에휴."

이딴 놈들을 두고 평화를 기대했던 내가 바보지.

아니, 사실 나조차도 평화를 기대하진 않았다.

"그래도 교황님께서 이 자리에 계시니, 제가 전 세계의 평화를 위해 한번 귀를 열어 보기는 하겠습니다. 대교구장, 어디 한번 지껄여 보십시오. 위선자나, 악인이나 거기서 거기인 것 같지만 말이죠."

오늘 이 자리에 평화가 찾아온다?

안 찾아온다에 내 혀를 건다. 만약 정말 평화가 찾아온다면, 기쁜 마음으로 혀를 깨물고 죽겠어.

나는 한숨을 내쉬면서 고개를 가로저었다.

❧

다들 예상은 했겠지만, 이 이후 진행된 회의의 내용을 요약하자면 다음과 같다.

－백명교 : 우리는 항상 평화를 바라고 있었지만, 먼저 우리의 영역을 침범한 건 리멘 교단과 정화자 아니냐? 평화를

진정으로 원한다면 지금 당장 병력을 빼고 중국 정부에 배상 금을 지급해라.

—정화자 : 무슨 개소리를 지껄이냐? 우리는 그냥 다 박살 내고 싶을 뿐이다. 평화는 죽은 다음에나 찾아라. 아니면 너 희 백명교가 모시는 고대 신들을 전부 나에게 넘겨라. 한 마 리도 남김없이 다 처먹어 주겠다.

—리멘 교단 : ……그냥 다 죽어 버려.

지도자급 평화 회담?

평화는 개뿔, 각자가 데려온 수행원들에 의해 투견장을 방 불케 하는 분위기가 계속해서 연출되었다.

"병력을 그냥 해산시키라니까?"

"우리가 왜 병력을 해산해. 우리는 처음부터 전쟁, 살육, 이런 걸 좋아해서 시작한 거라니까?"

"여기서 그냥 죽어라."

"너희야말로."

주인들이 말이 없어지니 이젠 개들이 짖어 대기 시작했다.

솔직히 이런 분위기를 예상 못 했던 건 아니지만, 그래도 저 두 집단이 실무자를 한 명쯤은 데려올 줄 알았다.

그래서 라파르트 대주교도 일부러 참석시킨 건데…… 저 두 집단은 내가 생각했던 것보다 훨씬 극단적이다.

도대체 서부 전선에서 어떤 일이 벌어지고 있는지는 모르겠지만, 전선의 상황이 생각보다 심각한 모양이다.

양측 다 쉽사리 물러날 생각이 없었다.

"신지혜, 무명."

나는 두 지도자의 이름을 불렀고, 그들은 동시에 나를 바라보면서 미소를 지었다.

"예, 교황님."

"편히 말씀하세요."

"둘은 왜 말이 없어? 회담하러 온 거 아니야?"

내 질문에 먼저 대답한 건 무명이었다.

"말했잖습니까? 오늘 얼굴이나 한번 보러 온 겁니다. 교황 성하의 얼굴은 일찍이 몇 번 봤지만, 대교구장과 이리 만나는 건 처음입니다."

"소감은 어때?"

"아름답습니다. 그녀가 대교구장만 아니었다면, 지금 이 자리에서 데려가 박제를 해 버렸을지도 모르겠군요. 평생 간직하고 싶은 외모입니다."

평화를 논하자는 자리에서 박제해 버리겠다는 말을 서슴없이 내뱉는 무명 놈.

예상은 했지만, 그것보다 훨씬 미친놈인 게 틀림없다.

나는 생글생글 웃고 있는 무명을 향해 말했다.

"내 소감은 안 궁금하냐?"

"오, 궁금하군요."

"지금 당장 너를 여기 밑층으로 데려가서, 심판의 검을 통해서 산 채로 회를 떠 주고 싶은 기분이야."

"생으로 먹는 걸 좋아하시나 보군요. 육회라도 들고 올 걸 그랬습니다. 교황님이면 모든 걸 익혀 드실 줄 알았습니다만…… 흠, 의외군요."

무명은 턱을 쓰다듬으며 고개를 끄덕였다.

그리고 능글맞은 목소리로 말을 이어 갔다.

"교황님, 혹시 삼국지를 읽어 보신 적이 있습니까?"

"삼국지는 갑자기 왜?"

"조조의 위를 잡기 위해서 유비의 촉과 손권의 오가 힘을 합친 적이 있지요. 백명교 저자들은 교황님께서 생각하시는 것보다 더 강력한 세를 이루고 있습니다. 그리고 머지않아 중동에서 도착한 병력도 합류하게 될 겁니다."

무명은 이번에는 신지혜를 쳐다본다.

신지혜는 자신의 부하가 직접 타 준 차를 조용히 마시며 무명의 시선을 마주했다.

"저는 이 세계가 혼란스럽기를 바랍니다. 하지만 세계가 혼란스럽기 위해서는 적어도 세계가 존재해야만 합니다. 하지만 저들은 그 세상을 부수고 새롭게 만들려는 자들입니다. 이 지구라는 세계가 지속되기를 바라는 건 교황님이나 저나 매한가지 아닙니까?"

저 말을 듣고 있자니 테라가 어째서 이 녀석을 살려 뒀는

우리 교황님 좀
말려 주세요

지에 대해 이야기해 줬던 게 떠올랐다.

　–내 입장에서 선과 악은 무의미해.

　이 녀석이 왜 백명교와 싸우려는지에 대해서는 이해하고
있었다.
　백명교의 입장에서도 이 녀석은 장애물일 테니까.
　하지만 그건 어디까지나 테라의 입장이다.
　내 입장에서는.
　"틀렸어."
　"무엇이?"
　"내가 지키려는 세계는 너 같은 버러지들이 없는 세계란
다. 그러니까 너도 적이야."
　"아쉽군요."
　"그러는 너야말로 나를 제거하기 위해 백명교와 손을 잡을
수도 있는 거 아닌가?"
　"하하하!"
　무명은 크게 웃어 젖힌다. 그러더니 백명교를 손가락질하
며 말했다.
　"포식자가 먹잇감과 힘을 합치는 걸 본 적 있으십니까? 저
는 음식과 힘을 합치지 않습니다."
　녀석의 몸 안에서 짐승 같은 마기가 꿈틀거리기 시작한다.

나는 곧바로 신성력을 끌어올렸고, 차를 마시고 있던 신지혜 역시 마찬가지였다.

순식간에 신성력과 마기가 얽히고설키면서 거대한 파장을 만들어 내기 시작했다.

쿠우우우웅.

일촉즉발의 상황 속, 지상에서 미리 대기하고 있던 내 친구들이 라파엘이 미리 설치해 둔 순간 이동기를 타고 심문실에 등장한다.

도끼를 양손에 하나씩 들고 있는 에이든.

슈트를 입고 있는 라파엘.

언제라도 검을 뽑을 기세의 이세민까지.

아무리 이 녀석의 힘이 강대해졌다고 한들, 살아서 나갈 순 없을 거다.

"교황님께서 교우 관계가 원만하셔서 그런지 친우분들이 참 많습니다. 이 아름다운 도시를 파괴할 생각은 저도 없으니까 걱정하지 마십시오. 한때 저희도 신세를 졌던 도시인지라…… 게다가 높은 곳에 계시는 분들께서도 이곳을 주시하고 있는 듯하니, 여기까지만 하겠습니다."

테라와 리멘이 이곳을 주시하고 있다는 걸 아는 걸까?

무명은 두 손을 가볍게 흔들었다.

"지난번에도 말씀드렸다시피 최후의 결전은 베이징에서 하는 걸로 합시다. 백명교가 모시는 고대의 잡신들이 그곳에서 모이기로 했거든요. 대교구장, 대교구장은 어떻게 생각합니까?"

"그곳에서 여러분들을 맞이할 준비를 해 두겠습니다. 손님이 많을 테니, 꽤 성대하게 준비해야겠군요."

이 자리는 처음부터 이 순간을 위해 준비된 자리다.

연극의 클라이맥스 전, 주연 배우들이 서로를 만나서 얼굴을 확인하는 자리.

이 혼란스러운 자리를 통해서 나는 한 가지를 확신하게 되었다.

마지막이 그리 머지않았다는 것.

그것 하나만큼은 확실하게 느꼈다.

나는 신지혜와 무명을 바라보았다. 그리고 한쪽 입꼬리를 올리며 말을 맺었다.

"평화를 찾을 방법은 찾았으니 회담의 목적은 달성했어. 만족스러운 회담이었다."

백명교, 정화자.

저 두 집단을 이 세상에서 완전히 제거한다.

그것만이 우리가 평화를 누릴 수 있는 유일한 방법이다.

"그럼 이제 둘 다 꺼져."

내 단호한 축객령을 끝으로, '천하제일죽창대회'는 비루하게 막을 내렸다.

결전 준비

회담이 흐지부지한 분위기 속에서 끝난 뒤.

백명교와 정화자는 재빠르게 성지에서 내뺐다.

따로 추격조를 운용하자는 이야기가 나왔지만, 추격조를 운용할 경우 얻게 될 참혹한 결과로 인해서 그 의견은 무시되었다.

에이든을 비롯한 우리 측의 이레귤러들은 지도자급을 제외한 나머지 이레귤러들을 충분히 제압할 순 있었겠지만, 그 과정에서 우려했던 '핵폭발'이 일어날 가능성이 농후했다.

상해를 잿더미로 만들고 싶지는 않았기에 그들을 순순히 보내 줄 수밖에.

"그 자리에서 그들을 죽였으면 좀 달라지지 않았을까?"

"졸개들은 죽일 수 있었겠지. 하지만 신지혜, 무명. 그 둘을 죽일 수 있었을까?"

"확실히 내가 보더라도 그 둘은 특출했어. 테라, 네가 만든 보험이 독이 되고 있잖아."

"이제는 내 탓이야? 이래서 인간들이 솔로는 괴롭다고 한 거였네."

비공식 회담이 끝나고, 성지의 병력이 다시 선양으로 이동한 상황.

나는 잠시 서울 신전으로 돌아와서 두 여신과 이야기를 나누는 중이었다.

리멘은 테라를 째려보면서 말했다.

"마왕 놈들이 우리 세계를 무너뜨리려고 했던 걸 알면서도 받아 준 건 너였잖아."

"받아 주진 않았지. 그저 눈을 감았을 뿐."

"그게 그거야."

"그게 어떻게 그거야? 에덴 출신들은 하나같이 고지식하고 답답해. 고양이의 손이라도 빌리고 싶은 내 심정을 왜 몰라줘?"

생각해 보니 리멘의 말이 맞다.

애초에 마왕의 영혼을 받아 주지 않았다면, 이런 비극이 일어날 리도 없었을 거 아닌가?

하지만 테라는 뻔뻔한 표정으로 말했다.

"보험은 많이 들수록 좋아."

나는 그 말을 들으며 잠시 고민에 빠졌다.

예전부터 궁금했던 게 하나 있다.

바로 무명의 정체.

도대체 그놈은 어디서 귀환한 놈이기 때문에 그리 강한 걸까?

"테라, 무명은 네가 어떤 세계로 보냈던 놈이냐?"

백명교의 대교구장이 지닌 힘의 기원은 이미 자세하게 알고 있다.

고대 신.

엄청난 힘을 지닌 고대 신이야말로 그녀가 지닌 힘의 기원일 것이다.

하지만 무명은?

마왕들이 그의 후원자라고 보기에는 관계부터가 다르다.

마왕과 최소 동등하며, 근래에는 마왕을 아예 밑에 둔 채로 움직이고 있다.

신지혜는 그런 그를 향해 '마신'이라고 불렀을 정도다.

그렇다면 과연 무명은 어떤 세계에서 귀환한 귀환자일까?

하지만 잠시 후 돌아온 테라의 대답에, 나는 눈살을 찌푸릴 수밖에 없었다.

"그 녀석은 다른 세계로 건너갔던 적이 없을 거야."

"……거야?"

"나도 추측하는 거지 뭐. 그놈은 뭐랄까……. 아, 그래. 시스템에서 좀 벗어난 놈이라."

테라는 콜라의 뚜껑을 따고 한 모금 들이켰다.

그리고 나를 바라보면서 말했다.

"나도 착한 친구들을 더 좋아하지. 그럼에도 무명, 그 인간 같지도 않은 놈을 보험으로 생각했던 이유는 하나뿐이야. 너와 마찬가지로, 고대 신들과 상대할 수 있는 아주 극소수의 인간이었기 때문이지."

귀환자도 아니면서, 테라조차 확신할 수 없는 인간이라…….

"대한민국 웹소설에도 그런 소재들이 좀 있잖아? 시간을 거슬러서 되돌아오는 존재들. 그걸 보고 뭐라고 부르더라……."

"회귀자?"

"아, 그래. 회귀자. 시간이라는 절대적인 규율을 역행하는 존재들. 뭐…… 지난번에도 네가 그랬었지? 미래의 네가 갑자기 나타났을 때 얼마나 놀랐는데."

미래의 내가 나에게 찾아와서 '리멘을 놓지 마라' 했던 기억이 떠오른다.

그 말을 떠올리자마자 다시 리멘을 바라본다.

그러자 리멘이 미소를 지었다.

"나를 왜 그렇게 봐?"

"……아니야. 하여튼 테라, 무명 그놈이 회귀자라고?"

"그럴 가능성이 높아. 그 녀석은 모든 걸 알고 있더라고. 나에게 먼저 접촉하려고 했던 인간은 그 녀석이 처음이었어."

회귀자라.

귀환자도, 판타지 세계도 있는 마당에 회귀자도 충분히 있을 만하지.

그 녀석이 지닌 강함의 이유가 되기도 한다.

"오랜 시간 동안 회귀하면서 반쯤은 미쳐 버린 건가?"

"그럴 리가. 무명, 그놈은 내가 본 어떤 인간보다 냉철하던데."

"내가 봤을 때는 그냥 미친놈이라서."

"그것도 그냥 연극을 하고 있는 거 아닐까?"

녀석의 목적은 이 세상의 끝도 없는 혼란이라고 했다.

수많은 회귀를 거친 놈의 목적이라기에는 너무나도 광기에 물든 목적 아닌가?

하지만 그 녀석의 뇌를 직접 해부하지 않는 이상 알 수는 없었다.

"수많은 시간을 경험했을 그놈이 베이징에서 너와 만나자고 했다는 건, 그곳에서 지구의 운명을 결정지을 사건이 일어난다는 뜻이겠지."

테라는 이미 베이징에서 어떤 일이 일어날지에 대해서 알고 있는 눈치였다.

그렇기에 나는 그녀를 향해 단도직입적으로 물었다.

"거기서 무슨 일이 벌어지냐?"

"회합."

"회합?"

"신들의 회합. 고향에서 추방당한 놈들이, 다시 지구에 모여서 지구의 운명을 논한다…… 뭐, 그런 거지. 너도 알겠지만 이미 고대 신들 중 힘깨나 쓰는 놈들은 다 들어왔어. 지난번에 플루토는 봤지?"

본인들이 돌아온 탕아도 아니고.

환영받지 못하는 불청객들 주제에, 지구의 운명을 논한다라.

정말이지 오만하기 짝이 없는 분들이시다.

나는 피식 웃으면서 말했다.

"대단하신 분들이셔."

"트로이 전쟁, 라그나로크, 티타노마키아, 기간토마키아…… 신격들이 관련된 여러 가지 전쟁이 있기는 했다만. 그럼 뭐 해? 녀석들은 결국 마지막 전쟁에서 패배해서 쫓겨난 놈들이야."

테라는 남은 콜라를 마저 들이켠 다음, 나를 바라보면서 말했다.

"패잔병들에게 다시 한번 패배를 선사해 줬으면 한다. 그리고 이번에는 아예 다시 돌아올 수 없게, 소멸시켜 주었으면 좋겠어."

"모두 소멸시킬 수는 있는 거냐?"

그러자 테라가 방긋 웃으면서 고개를 끄덕였다.

"그건 네가 이미 잘 알고 있잖아."

"……내가 다 잡아먹어라?"

"정답."

인간은 음식을 과하게 먹으면 탈이 나는 존재다.

하물며 격을 과하게 먹으면 어떤 일이 벌어질까?

나는 이미 그 질문에 대한 해답을 알고 있다.

지난번에 만났던 '미래의 나'처럼, 더 이상 인간이 아닌 존재가 되어 버릴 거다.

……그래도 괜찮을까.

그 '나'를 생각하면 머리가 복잡해진다.

내가 지킨 세계에, 어쩌면 내가 없을지도 모른다는…….

"시우."

그때, 옆에서 가만히 나를 지켜보고 있던 리멘이 부드럽게 나를 껴안았다.

그녀에게서 향기로운 꽃내음이 풍겨 온다.

덕분에 어지럽혀지던 머리도 말끔하게 정리된다.

리멘은 나를 안은 채, 부드러운 목소리로 속삭였다.

"내가 옆에 있어. 그러니까 걱정하지 마. 시우는 시우가 해야만 하는 일을 해. 나머지는 내가 해결할 거야."

지금의 내가 할 수 있는 일이라고는 그저 내 적들을 분쇄하는 것뿐이다.

나는 나를 안심시켜 주는 리멘의 따뜻한 체온을 느끼며 가볍게 숨을 뱉어 냈다.

이제 다시 전장으로 돌아갈 때였다.

❧

여신님들과의 접견을 끝내고 다시 선양으로 돌아왔다.

"식량 배급 중입니다!"

"몬스터 토벌하신 헌터님들께서는 임시 사령부에서 보상금을 수령해 가시면 됩니다!"

"리멘 교단의 대장장이들에게서 장비를 수리받고 싶으신 분들은 신전 앞에 건설된 임시 대장간에서 받으시면 됩니다!"

선양 성지는 어느새 이곳까지 진출한 대한민국의 본대에 의해 문전성시를 이루고 있었다.

라파엘의 도움으로 제공권도 확실하게 잡은 덕분에 항공 수송도 빠르게 이어지고 있는 상황.

게다가 잃어버린 땅을 수복할 때보다는 훨씬 상황이 좋았다.

적어도 육로 수송은 원활하거든.

도로 상태가 내가 생각했던 것보다 양호한 편이었다.

철도 역시 마찬가지였고.

하긴.

단동의 복구 속도를 생각해 보면, 그 정도 인프라는 복구를 해 뒀을 수밖에 없었다.

"리멘님께서 이곳에 신전을 만들어 주신 덕분에 훌륭한 거점 시설이 되었습니다. 토비를 포함한 대장장이들도 이곳에 출장을 나온 상태입니다."

"신성 점수를 몰빵한 보람은 있어요."

나는 신전의 계단 위에서 성지 밑을 내려다보면서 만족스럽게 고개를 끄덕였다.

그동안 모인 신성 점수들로 하여금 이곳에 숙소와 대장간을 건설했다.

축성소에서 나오는 성물들이야 센다이 성지에서 생산해서 성지 간 통로로 운송하면 되는 거지만, 장비 수선은 다르다.

우리 교단의 장비?

그건 수선할 수 있다.

지난번에도 서울에서 수선했었으니까.

하지만 대한민국 본대의 장비는 마땅한 장소가 없었다.

장인들을 데려간다고 한들, 대장간을 비롯한 수선 시설이 없다면 장비 수리는 완벽할 수가 없다.

전쟁에서 장비는 생명.

냉병기 시대에도 그러했듯이, 헌터들에게 있어서 장비란

목숨 그 이상의 것이다.

　그래서 선양에 아낌없이 신성 점수를 투자해서 대장간을
지었다.

　그리고 지금, 그 효과를 아주 톡톡하게 보고 있는 것이다.

　"형님."

　내가 활기가 넘치는 성지 내부를 둘러보고 있을 때쯤, 허
공에서 자현이가 사뿐하게 내려앉았다.

　"정부 소속 병사들이 형님의 배려에 감사하다고 전해 달라
고 합니다."

　"감사할 일을 딱히 해 준 것 같진 않은데……."

　"병사들의 장비를 무료로 수리해 주고 계시지 않습니까?
전쟁에서 그것보다 더 중요한 게 어디 있겠어요. 목숨을 빚
진 건데."

　"……그래?"

　사실, 모든 수리비는 정부 측에 청구되고 있다.

　우리가 땅 파고 수리해 줄 순 없잖아? 수리하는 데 돈이
얼마나 깨지는데.

　하지만 굳이 말해 줄 필요는 없지.

　나는 웃으면서 고개를 끄덕였다.

　"우리도 손해보고 하는 건 아니야."

　"손해요?"

　"그런 게 있어. 어른들의 사정이지."

우리 교단도 이번 전쟁을 통해서 막대한 물자를 소비하고 있다.

돈이 부족한 건 아니지만, 굳이 저쪽에서 대금을 지급하겠다는데 안 받을 이유도 없었다.

대한민국 정부는 이번 전쟁을 통해서 대한민국의 영향력을 극대화시킬 계획을 지니고 있었다.

그렇기 때문에 전쟁에 개입한 거다.

전쟁을 통해 대한민국의 시민들을 살해한 백명교를 징벌한 이후, 그에 협조한 중국 정부에 책임을 물을 수만 있다면?

최소 향후 10년간은 동북아시아의 주도권은 대한민국이 가져가게 될 것이다.

그걸 알기 때문에 일본에서도 부랴부랴 센다이시를 명분으로 전쟁에 참여하고 있는 거고.

역시, 윗분들의 정치 계산은 따라가기 힘들다니까?

"일본의 병력은 현재 신의주에 도착하였고, 그곳에서 물자를 공급받은 후 이곳으로 출발한다고 하네요."

"일본 측 사령관은 진영이 형이지?"

"예."

"잘됐네. 말은 잘 통하겠어."

베이징까지의 여정이 쉽지는 않겠지만, 그래도 불가능하진 않을 거다.

라파엘의 드론으로 인해 정보전에서도 우리가 우위고, 병력의 질에서도 우리가 우위다.

현재, 백명교와 중국 정부는 양면 전선으로 인해 정예들을 반으로 나눈 상황.

이레귤러들을 앞세워서 돌파를 시도한다면 큰 문제없이 뚫을 가능성이 높았다.

다만, 한 가지 마음에 걸리는 건 어제 테라가 나에게 해 주었던 말이다.

—녀석들은 본격적으로 차원에 간섭하고 있어. 본인들이 있던 세계로부터 병력을 끌어모을 거야. 그건 대비해야 해.

백명교와 중국 정부가 양면 전선을 기꺼이 받아들일 수 있는 이유.

그건 아마 병력을 수급할 곳이 많기 때문이겠지.

우리가 파악한 병력보다 훨씬 많은 물량을 뽑아낼 가능성이 있다.

고대 신 놈들이 추악한 손을 뻗었던 곳이 한둘이었어야지.

지난번 센다이시의 경우만 보더라도 녀석들은 게이트를 생성할 수 있는 권한까지 손에 넣은 게 틀림없었다.

본인들의 땅에 게이트를 소환해서 병력을 끌어모은다면…… 조미료 살짝 보태서, 전 세계와 싸울 수 있을 만큼의 병력을 뽑아낼지도 모른다.

나는 한숨을 내쉬면서 하늘을 바라보았다.

저 멀리 요하 너머의 하늘.

구름 한 점 없는 날씨였음에도 불구하고 저쪽의 하늘은 희미한 회색빛에 물들어 있는 듯했다.

"다음 페이즈로 슬슬 넘어가야겠다. 일본 쪽 병력이 합류하자마자 곧바로 요하를 넘는다."

"몸이 근질근질하던 차에 잘됐네요. 아, 그보다 형님. 회담은 잘 끝내셨습니까? 그거 물어보려고 왔는데."

"누구한테 들었어?"

"에이든 형님이 말씀해 주시던데요. 아주 화끈했다고."

에이든의 입단속을 잘 시켜야겠다.

비공식 회담이었는데, 이렇게 막 이야기가 흘러나오면 안 되는데 말이지.

"결과가 좋았다면 우리가 이러고 있겠냐?"

쓸데없는 걸 물어봐.

척하면 척 알아들어야지.

그렇게 내가 자현이와 이런 저런 이야기를 나누고 있을 때쯤.

─아아, 교황님. 들리십니까?

내 옷에 내장되어 있던 무전기를 통해 라파엘의 목소리가 들려왔다.

―차원 반응이 감지되고 있습니다. 아무래도 저쪽에서 먼저 움직일 계획인 것 같습니다.

그래, 백명교 너희가 가만히 앉아서 당할 놈들은 아니지.

회담으로 인한 일시 휴전은 그저 잠시였을 뿐.

"하아."

기분 탓일까?

다시 피 냄새가 코끝을 찔러 오는 것만 같았다.

✤

광기다.

"전쟁, 결단코 전쟁."

"언제라도 리멘을 위해서 이 한 몸 바치리!"

"그거다, 바로 그거야. 우리 모두는 리멘님을 위하여 언제든 몸을 불사를 정신이 필요하다. 너희의 힘은 누구로부터 오는가?"

"리멘!"

"리멘!"

이건, 분명 광기다.

"리멘을 위하여!"

"리멘의 이름을 드높이며 죽을 수 있는 건 우리 모두에게 영광이다! 죽음을 두려워하지 말라."

나는 내 앞에서 전의를 북돋고 있는 에덴의 원정대원들을 바라보면서 쓴웃음을 지었다.

이 짧은 기간 동안 지구의 교육생들에게는 큰 변화가 생겼다.

센다이시 방어 작전을 성공적으로 끝낸 후, 휴식은 없었다.

전투를 통해서 교육생들의 미진한 점을 발견한 걸까?

지옥 같은 훈련이 시작되더라.

레오와 루나는 에덴에서 온 선배들이 후배들을 합법적으로 조질 수 있게 허락해 주었고, 원정대 사령관 리하니스 로울러의 주도하에 뼈를 깎는 훈련이 시작되었다.

그 결과가 바로 이거다.

"리멘님을 믿어라! 그리고 리멘님이 너희에게 내려 주신 소중한 동료들을 믿어라!"

작전 개시 6시간 전.

리멘 교단의 전 병력이 한곳에 모여 사열을 끝내 두었고, 연단 위에서는 리하니스 로울러, 그러니까 리스가 전의를 북돋고 있었다.

나는 계단 위에서 팔짱을 낀 채로 그 장면을 바라보았다.

"많이 컸죠?"

루나는 내 옆에서 뿌듯하다는 표정을 지은 채로 리스를 내려다보고 있었다.

"그러네."

"옛날에 검도 제대로 못 쥐던 꼬맹이가 진짜 많이 컸어요. 무기술은 저보다 뛰어난 것 같다니까요?"

"너보다 뛰어날 수가 있냐. 그건 솔직히 과장된 거지."

루나에게 주어진 은총을 생각해 봤을 때, 분명 그건 과장된 표현이었다.

루나는 손에 닿는 모든 무기를 사용할 수 있는 능력자기 때문이다.

우리 교단의 선지자들은 하나같이 특별하다.

특히, 전투에 관해서만큼은 루나의 은총을 따라갈 친구는 없었다.

"그런데 루나야."

"네에."

"요새 급격하게 좀 세진 것 같다?"

루나의 몸에서는 더없이 강대한 신성력이 느껴지고 있었다.

한 가지 신기한 건, 리멘의 신성력뿐만 아니라 내 신성력도 얼핏 느껴지고 있다는 점이다.

지구로 넘어왔을 당시의 루나는 디재스터급과 이레귤러급 사이의 힘을 지니고 있었는데, 근 1년 동안 급격하게 강해졌다.

레오 역시 마찬가지.

우리 교황님 좀
말려 주세요

특히, 리멘이 지구에 강림한 이후로는 더욱더 말도 안 되는 성장세를 보여 주고 있었다.

지구의 교육생들의 성장보다 더 큰 폭으로 강해지고 있다니까.

아마 지금 수준이면…….

"근래에 틈만 나면 에이든이랑 붙었지?"

"훌륭한 수련 상대니까요. 에이든한테도 역시 신성력을 상대로 노하우를 터득할 수 있는 좋은 기회였죠. 윈윈이라고들 하잖아요."

에이든과도 충분히 손을 섞을 수 있을 정도.

그래도 친구가 참 좋다.

내 부하 직원들 강해지라고, 손수 나서서 대련을 해 주더라.

"늙은 양반이 힘도 좋아요. 저랑 레오랑 번갈아 가면서 상대해 주더라니까요?"

"……별로 안 늙었을 텐데."

"겉이 그렇지, 속은 늙은이라니까."

"그건 맞지."

부족을 통합시키고 귀환한 늙은 대족장을 너무 무시한 게 아닌가 싶다.

하여간에 덕분에 우리 측에는 이레귤러급에 준하는 전투원들이 두 명 추가되었다.

단순히 노력으로만 가능했던 경지는 아니다.

사실, 리멘이 직접 힘을 내려 주었거든.

어찌 되었든 우리 교단의 힘은 그 어느 때보다 강력해졌다.

아마 지구의 리멘 교단 역사상 지금보다 강한 시기는 없었을 것이라 확신한다.

신구의 완벽한 조화.

간부들의 성장.

전쟁을 수행해야 한다면, 지금보다 적기는 없겠지.

나는 천천히 고개를 끄덕인 다음, 천천히 계단을 내려갔다. 그리고 연단에 서서, 사열되어 있는 병력을 바라보았다.

가까이서 보니 눈가의 독기가 더욱 확실하게 느껴진다.

어디 내놔도 부끄럽지 않은 우리의 자랑스러운 전투원들.

나는 웃으면서 그들에게 말했다.

"자랑스러운 우리 형제자매님들. 지겨운 소리는 리스가 다 했으니까 저는 짧게 말하겠습니다."

전장은 언제나 위험한 곳이다.

누군가에게는 지금 내가 하는 말이 마지막이 될 수도 있는 법.

그렇기에 내가 이들을 이끄는 자로서 해 줄 수 있는 말은 언제나 하나뿐이다.

"살아서 다시 돌아옵시다. 제가 교황으로서 여러분들에게

내리는 명령은 그것뿐입니다. 살아서 봅시다. 살아서 함께합
시다."

저들이 살기를 바란다.

나를 위해서 기꺼이 다른 세계로 와 준 이들.

그리고 나를 믿고 기꺼이 리멘 교단에 투신한 이들.

모두가 살아서 돌아왔으면 한다.

나는 가볍게 손을 들어 올렸다. 그리고 큰 소리로 외쳤다.

"리멘께서 우리를 지켜 주시기를!"

그러자 성기사들과 전투 사제들도 일제히 손을 들어 올리
며 따라 외쳤다.

"리멘께서 우리를 지켜 주시기를!"

"리멘께서 우리를 지켜 주시기를!"

우리의 목소리가 들린 걸까?

파아아아앗-.

신전으로부터 거대한 빛이 흘러나왔고, 곧이어 내 눈앞에
새로운 메시지창이 떠올랐다.

〈리멘〉이 자신을 따르는 이들에게 축복을 내립니다.
〈여신의 축복〉을 받았습니다. 모든 능력치와 스킬 레벨의 효과가 한 달 동안
10% 상승합니다.

리멘이 지구에 있다는 게 느껴진다.

그 빛은 부드럽게 모두를 휘감았다.

그리고 그때, 내 귓가에 리멘의 부드러운 목소리가 울려
퍼졌다.

–이번에도 내 아이들을 잘 부탁해, 시우.

에덴에서 수도 없이 들었던 목소리.

나에게 자신의 아이들을 부탁하는 그녀에게, 나는 슬쩍 툴
툴거리는 말투로 답했다.

"그런데 뭐 하나만 묻자, 리멘."

–뭔데?

"나는 네 아이 아니야?"

–아닌데?

그럼 뭘까?

하지만 나는 잠시 후에 울려 퍼진 그의 목소리에, 아무 말
없이 입을 다물 수밖에 없었다.

–내가 임명한 보호자잖아? 이를테면 내가 엄마고, 시우가

아빠지. 안 그래?

······할 말 없게 만드는 데는 정말 재능 있다니까.

⚜

우리 교단의 병력이 준비를 끝낸 이후, 곧바로 본격적인 전투준비가 시작되었다.

이미 라파엘의 드론들을 통해 요하 너머의 상황에 대해서는 확인이 끝났고, 성지에 설치된 임시 사령부에서 전략 회의가 시작되었다.

"게이트들을 의도적으로 생성해서, 병력을 끌어모으고 있는 정황이 확인되었습니다."

라파엘이 개발한 차원 현상 감지기는 이번에도 아주 요긴하게 사용되었다.

원래 전쟁에서 이기기 위해선 정보가 가장 중요한 법인데, 라파엘의 합류 덕분에 그 걱정은 조금 덜었다.

"확인할 수 없는 이종족들이 다수 섞여 있습니다. 그리고 그 이종족들 모두 문명을 지니고 있으며, 지휘 체계를 지니고 있는 게 확인되었습니다."

"주의할 점은?"

"고도화된 기술을 지닌 이종족이 있는 것으로 확인됩니다.

지구보다 문명 수준이 높은 이종족이 사용하는 하이 테크놀로지 병기들이 보입니다. 저 거대한 기계들 보이십니까?"

라파엘은 홀로그램 드론을 통해서 허공에 영상을 띄운다.

오우거는 가볍게 뛰어넘는 크기의 로봇 같은 것들이 걸어 다니고 있었다.

딱 봐도 위협적인 전쟁 병기다.

"그 밖에도 다양한 이종족들이 확인됩니다. 엘프와 비슷한 종족들도 있으며, 마법 능력이 뛰어난 것으로 추정되는 종족도 있습니다."

반투명한 모습으로 어슬렁거리는 이종족.

아무것도 모르는 사람이 봤다면 귀신이라고 생각하기에 충분한 녀석들도 보였고, 아주 그냥 가지각색이다.

다양한 차원계에서 다양한 이종족들을 끌어모았다.

우리가 익히 알고 있는 오크나 트롤 같은 놈들도 곳곳에서 보이고 있었다.

온갖 이종족들이 다 모이는 바람에 물량만큼은 얼추 우리와 비슷해 보인다.

하지만 저렇게 다종족으로 구성되었을 때는 반드시 약점이 뒤따르기 마련이다.

"지휘 체계가 단일화되진 않았을 겁니다."

일사불란한 움직임이 불가능하다.

몸집만 거대할 뿐, 빈틈이 곳곳에 자리 잡고 있을 것이다.

우리 교황님 좀
말려 주세요

반면에 우리 쪽은 지휘 체계가 단순하다.

합류한 지 얼마 되지 않은 일본 각성자들이 있으나, 이들의 지휘권 역시 우리 쪽에 귀속되는 걸로 확정을 지어 둔 상태다.

"일점 돌파."

따라서 저 방어선을 뚫기 위해서는 한 점에 힘을 집중시키는 게 답이다.

"방어선 중 한 지역을 뚫고, 적을 뒤에서 친다."

"예. 그 전략을 수정할 필요는 없을 듯합니다, 강채아 님."

"흠."

강채아 씨는 홀로그램을 살피면서 고개를 끄덕였다.

그리고 그런 그녀를 웃으면서 바라보고 있던 진영이 형이 말했다.

"일종의 망치와 모루 전술인 셈인데…… 이런 경우 망치 역할을 할 병력이 제일 중요하지 않겠습니까? 기동력을 살려 돌파한 이후, 곧바로 적의 뒤를 치는 게 중요합니다. 제공권도 확보되지 않은 지역이라 공수작전도 불가합니다. 즉, 직접 뚫고 가야 한다는 소리죠."

진영이 형의 지적은 당연한 거였다.

이 작전에서 가장 중요한 건 저 '망치' 역할을 할 병력이다.

돌파력이 높아야 하고, 기동력도 뛰어나야 한다.

하지만 우리에게는 망치 역할을 해 줄 훌륭한 군대가 하나 있다.

나는 전략지도에 표기된 적의 방어선 뒤쪽을 가리키며 말했다.

"저희 리멘 교단에서 그 역할을 수행할 예정입니다."

"방어선이 두껍습니다. 신속한 돌파가 가능하겠습니까?"

"에이든과 제가 앞장섭니다."

"충분하겠군요."

"그리고 저희 교단에서 이번 작전을 위해 따로 공수해 온 게 있습니다. 기대하셔도 좋습니다."

라파엘은 이번 전투 내내 화력 지원 역할을 수행할 예정이다.

따라서 직접 돌파를 감행하는 것은 우리 리멘 교단에 에이든을 더한 병력.

정리하자면 이렇다.

망치 : 리멘 교단, 에이든
모루 : 라파엘, 천자현 포함 나머지 병력

모루가 든든하게 버텨 줘야 망치가 제대로 때릴 수 있기 때문에 이런 선택을 내렸다.

나름 괜찮은 밸런스다.

우리 교황님 좀
말려주세요

레오와 루나의 성장세를 생각해 보면 망치 쪽에 과도하게 편중되어 있는 것 같긴 하지만, 요하를 건너는 것 자체는 문제가 없을 것이다.

그리고 사실…… 형태가 '망치와 모루'와 비슷해 보일 뿐이지, 전술의 요점은 간단하다.

이레귤러들을 이용해서 적을 마구잡이로 흐트러트린 후, 공황 상태에 빠진 적들을 잡아먹기.

'망치와 모루'가 아니라 '잔뜩 헤집기'가 더 적절한 전술 이름이 아닐까?

적진으로 들어가서 난전을 유도하는 건 리멘 교단의 전문 영역이다.

"설화를 비롯하여 마법사들이 강을 일시에 얼릴 겁니다. 화력 지원만 충분하다면, 단숨에 방어선을 뚫고 들어갈 수 있습니다."

"자칫하다가는 적의 증원군에 의해 우리 쪽 망치가 포위당할 수도 있습니다."

나는 강채아의 지적에 고개를 끄덕이면서 답했다.

"그러니 신속함이 생명이죠."

"……리멘 교단은 항상 어려운 길을 스스로 걸어가네요."

"어렵지만 확실한 길이니까요. 에덴에서보다는 훨씬 쉽습니다."

수만의 악마들을 상대로도 기꺼이 뛰어들었는데, 고작 저딴 오합지졸들 상대로 무서울 리가 있나.

애초에 이번 전쟁은 시간이 생명이다.

시간을 질질 끌수록 우리에게 안 좋다.

베이징에서 열린다는 고대 신들의 회합이 어떤 결과를 가져올지는 모르겠다만, 한 가지만큼은 확실하다.

"최대한 빨리 베이징까지 뚫어야 합니다."

늦으면 큰일이 벌어질 거다.

플루토 같은 고대 신들이 한 놈이라도 더 모이게 된다면, 그리고 그들이 힘을 합치게 된다면.

일은 내가 감당하기 힘든 지경까지 치닫게 될지도.

"해로는 여전히 사용하기 힘듭니까?"

나는 플랜 B를 위해 강채아에게 물었으나, 강채아는 고개를 가로저었다.

"알 수 없는 기상 악화로 인해서 베이징으로 향하는 모든 항로가 제한된 상태입니다."

그것 역시 고대 신들 짓인 게 틀림없겠고.

땅을 어떻게 하지는 못하는 걸 보니, 땅은 아마…… 테라가 담당하는 영역이기 때문일 터.

결론은 이번 작전을 성공시키는 거다.

이번 작전에 실패하게 된다면 우리에게 남는 선택지는 최정예들을 뽑아 위험한 하늘길을 뚫고 베이징까지 투입하는 것.

사실상 맨손으로 사지에 걸어 들어가는 셈이니 그 방법까지 사용하고 싶지는 않았다.

"그럼 회의는 여기까지."

전투에 사용될 전술도 최종적으로 결정을 내렸다.

이제 남은 건 전투뿐.

"작전 개시 시간은 지금으로부터 3시간 후. 오후 3시로 결정하겠습니다."

우리의 승리는 의심하지 않는다.

중요한 건 피해를 최소화하는 것.

그렇게 전투의 서막이 코앞까지 다가왔다.

⚜

작전 시작 5분 전.

"위대한 우리 교황이시여, 분부를 내리시옵소서."

"안 어울리는 말투는 그만두고."

"이건 사실 망치와 모루가 아니야. 그냥 나눠 죽이기, 그런 거지."

"네가 전술을 알아?"

"수십만의 부족을 이끌며 수차례의 대회전에서 승리를 거둔 나다. 내가 전술에 통달해 있지 않다면, 도대체 누가 전술에 통달해 있단 말이지?"

에이든은 사납게 으르렁거리면서 도끼를 가볍게 휘두른다.

"이딴 건 전술이 아니야."

"맞아, 전술 아니야."

"……그렇게 쉽게 인정하면 내가 뭐가 되나?"

"굳이 세세한 전술이 필요할까?"

숫자는 비슷하다.

하지만 전력의 격차는 현저하다.

저쪽은 오합지졸이었고, 통일되지 않았다.

이세계에서 끌어모은 병력이었기 때문에 한계가 있을 수밖에 없었다.

그에 반해 우리는 이레귤러를 중심으로 똘똘 뭉쳐 있었다.

거칠 것 없었다.

그냥 늘 그랬듯이 철저하게 분쇄하면 될 뿐.

"그래, 뭐 좌익을 찢고 뒤로 돌아가서 각개격파를 한다…… 나쁘지 않아. 그런데 말이다, 시우. 그거 아나?"

"뭐?"

"에덴에서 넘어온 네 부하들의 강함은 이미 알고 있다. 루나와 레오 역시 놀랍도록 강해졌지. 하지만 강하다고 해서 기동력이 뛰어난 건 아니야. 인간이 아무리 날고뛰어 봤자, 무거운 갑옷을 입고는 기동력을 살릴 수 없어."

"맞는 말이지. 애초에 뚜벅이가 뚜벅이인 이유가 있지."

아무리 빨리 달려도 보병으로서 망치의 역할을 수행한다?

불가능이다.

기동력이 뒷받침해 주지 않는다면, 적들의 대응을 뚫지 못할 것이다.

에이든의 지적은 당연한 거다.

하지만 녀석이 모르는 사실이 하나 있었다.

"그런데 누가 우리가 뚜벅이래?"

"뭐?"

"내가 설마 아무런 준비도 없이 우리가 망치 역할을 하겠다고 했겠냐?"

나는 입꼬리를 슬쩍 올리면서 강을 쳐다보았다.

유유히 흐르고 있는 강.

도저히 도하할 수 없을 것처럼 보였으나.

−도하 작업 시작합니다.

까드드드드득.

무전기에서 울려 퍼진 설화의 목소리와 함께 강이 통째로 얼기 시작했다.

마정석에서 뿜어져 나온 마력들이 엄청난 속도로 강을 얼려 버렸다.

콰우우우우우−!

마력을 감지했는지, 강 너머에서 방어선을 형성하고 있던 몬스터와 이종족 들이 거칠게 포효하기 시작한다.

순식간에 전운이 감돈다.

나는 발을 살짝 내디뎌서 강에 드리워진 얼음을 밟아 보았다.

꽝꽝 얼어서, 탱크도 지나갈 수 있을 정도.

도하 준비는 이걸로 끝.

이제 남은 건 병력을 투입해서 모조리 쓸어버리는 거다.

—화력 지원 시작합니다.

이번에는 라파엘의 목소리가 울려 퍼졌고, 곧이어 우리 뒤쪽에서 거대한 폭음이 울려 퍼졌다.

콰아아아앙—!

콰아아아아앙—!

포격이 시작된다.

라파엘이 이번 전투를 위해 손수 개조한 K-9자주포도 발사되고, 라파엘의 광자포를 비롯한 각종 화력이 방어선을 두들겨 대기 시작한다.

적들은 화끈한 포격에 그대로 노출된다.

우우우웅.

마법을 사용하는 이종족이 있다는 예상대로, 그들 역시 마력장을 비롯한 각종 방어 수단을 가동한다.

"에이든, 우리나라 국방부의 별명이 뭔지 알아?"

"포방부."

"잘 아네."

대한민국이 포에 집착했던 역사는 아주 오래되었고, 사실이는 전통이나 마찬가지였다.

디멘션 오프닝 이후로 효력이 많이 줄어들었지만, 이레귤러인 라파엘이 개입한 이후로는 상황이 아예 달라졌다.

이번 전쟁은 일종의 무기 시험을 겸한다.

미국에서 비밀리에 라파엘과 함께 개발했던 대몬스터 전용 기술들이 아낌없이 사용되어, 왕년의 포방부를 재현해 내고 있었다.

적진이 술렁거리기 시작할 때.

우우우우웅-!

사전에 파악했던 적들의 거대한 전투 병기가 가동하기 시작했다.

거대한 몸집을 이끌고 포탄을 요격하기 시작한 것이다.

에이든은 그 거대한 병기를 바라보면서 작게 감탄사를 내뱉었다.

"기술이 발달한 세계가 라파엘의 세계만은 아니었던 것 같아. 부수는 맛이 있겠어. 우리가 첫 번째로 노릴 곳은…… 저긴가?"

에이든은 턱짓으로 방어선의 가장 좌측에 위치한 적들을 가리켰다.

창을 들고 있는 원시적인 트롤 부족들.

우리가 평소에 상대했던 트롤들보다 덩치는 최소 1.5배였고, 창의 길이 역시 그 이상으로 길었다.

고대 신이 개입하게 되면서 뭔가 변화가 생긴 종족인 듯한데…….

알 바야?

그냥 그대로 찍고 나가면 되지.

나는 고개를 가볍게 끄덕거린 다음, 내 품속에서 머리를 부비고 있던 백설이의 엉덩이를 툭툭 두드렸다.

그러자 백설이가 기지개를 켜면서 답했다.

"간만에 사냥놀이네."

"신수가 피 맛을 그렇게 좋아하면 안 돼."

"피 맛이라니? 나는 리멘님의 명령을 받아 나쁜 놈들을 혼내주는 거잖아."

"됐고, 슬슬 가자."

"오케이."

작은 먼치킨 고양이가 순식간에 늠름한 백호로 자라난다.

백설이의 등 위에는 안장이 올려져 있었다.

"안장 뭐냐?"

"리멘님께서 주인이랑 싸울 때 쓰라고 직접 달아 주셨어."

안장에 하트 자수가 있는 것 같은 건 기분 탓일까?

나는 가볍게 백설이 위에 올라탔다. 그러자 옆에서 이 장면을 멍하니 지켜보고 있던 에이든이 한마디 거든다.

"뛰어가는 거 아니었나?"

"발정 난 개처럼 뛰어다닐 순 없잖아. 그래도 명색이 전쟁인데, 안 그래?"

"……그럼 나는?"

"너는 원래부터 개니까 뛰어다녀도 이상할 것 없지."

"섭섭하군."

정말 섭섭해하는 에이든.

저럴 줄 알고 내가 미리 준비해 온 게 있지.

나는 피식 웃으면서 고개를 끄덕였고, 그러자 뒤쪽에서 흑우 한 마리가 맹렬하게 달려왔다.

당연히 베스였다.

"추방자들과의 전쟁에서 나를 빼놓을 순 없지. 준비 끝났다, 교황."

"이번 전투에서 둘이 파트너."

"오, 우리 영물님 아니신가. 잘 부탁합니다."

흑우에 올라타고 적진을 휘젓는 에이든이라…….

생각만 해도 아찔하다.

에이든은 능숙하게 베스의 위에 올라탔고, 베스 역시 기분이 나쁘진 않은지 콧김을 몇 번 내뱉으면서 발을 굴렀다.

"둘이 잘 어울리네."

황소 위의 야만인.

꼭 옛날 신화를 보는 것만 같은 기분인걸.

"그런데 우리 둘만 타서 무슨 의미가 있을까? 애초부터 이 전략은 다수의 기동력을 살린…….”

“거, 종알종알 되게 시끄럽네. 꼬우면 네가 지휘관 해.”

“그럴 수야 없지. 나는 야인이거든. 그저 친구에게 조언을 했–.”

“백설아.”

“알았어.”

그때였다.

백설이의 몸에서부터 찬란한 빛이 뻗어 나간다.

그리고 그 빛은 우리 교단 병력의 앞에 자리 잡았다.

잠시 후.

“……시우.”

“왜, 에이든.”

“너는 다 계획이 있구나.”

“우리 여신님께서 자식들을 무척이나 예뻐하시거든. 빈손으로 보냈을 리가 있겠냐?”

축성받은 마갑으로 무장한 전투마들이 모습을 드러냈고, 병력은 모두 그 위에 탑승했다.

“전투 사제들은 성기사들에게 축복을 걸어 준 이후, 곧바로 본대에 합류한다.”

“예, 성하!”

순식간에 1천5백에 달하는 기병대가 생겨난다.

기마술?

그딴 건 필요 없다.

저 말 하나하나가 리멘의 의지가 깃든 신수.

성기사들과 한 몸처럼 움직일 수 있게 만들어 둔 거다.

대신.

"주인, 나 쟤네들 유지하는 거 엄청 힘들거든. 그러니까 최대한 빨리 끝내자."

백설이의 힘을 갉아먹는다는 단점이 있다.

따지고 보면 저 전투마 한 마리마다 백설이의 힘이 주입된 셈이니까, 더더욱 그렇다.

그래도 지구에서 잔뜩 신성력을 끌어모았기 때문에 충분히 버틸 수 있는 수준.

나는 백설이의 등을 툭툭 두드려 주며 입꼬리를 올렸다.

"좀만 버텨. 금방 끝내 줄 테니까."

가볍게 백설이의 등을 두드린 다음, 크게 숨을 들이쉬었다.

그리고 돌격 준비를 끝낸 병력을 향해 기세 좋게 소리쳤다.

"가자!"

"리멘을 위하여!"

"리멘을 위하여!"

투두두두두두두두.

얼어 버린 강 위로 성기사들의 돌격이 시작되었다.

목표는 적의 좌익이었다.

✤

강채아는 본인의 눈앞에서 벌어지는 장면을 바라보며 할 말을 잃을 수밖에 없었다.

"리멘 교단 적 좌익 돌파 완료!"

"곧바로 적의 측방을 타격합니다!"

도하를 시작한 리멘 교단의 기병대는 압도적인 속도로 적의 좌익을 무너뜨렸다.

변종 트롤로 보이는 이종족이 괴성을 내지르며 그들을 막아 내고자 했으나, 그들의 반항은 전혀 의미가 없었다.

리멘 교단의 기병대는 가차없이 적을 짓밟는다.

새하얀 빛을 내뿜는 섬광이 적의 좌측 날개를 인정사정없이 찢어 버렸다.

'도대체 전략 전술이 무슨 의미가…….'

리멘 교단의 최선두에서는 두 명의 남자가 날뛰고 있었다.

라파엘이 제공해 주는 드론을 통해 실시간으로 전장의 영상을 확인할 수 있었는데, 백호를 탄 김시우와 흑우를 탄 에이든은 물 만난 고기처럼 전열을 흩트려 놓고 있었다.

그들에게 있어서 숫자의 차이는 무의미해 보였다.

'……이레귤러.'

강채아는 지금 이 순간, 그들에게 붙은 '이레귤러'라는 이명의 의미를 되짚어 본다.

불규칙한 존재들.

일반인의 범주에서 아득히 벗어나 있는, 규격 외의 존재들.

공격자가 방어자보다 불리하다는 건 만고불변의 진리였다.

비록 조악한 방어선이었으나, 방어진을 구성한 이후부터는 당연히 방어하는 쪽이 유리하다.

병력 차이도 크게 나지 않는 상황이었기에 그녀는 큰 손실을 염두에 두고 있었다.

그러나 그들이 밤을 새워서 세워 둔 전술은 압도적인 무력 앞에서 그저 종이 쪼가리에 불과했다.

망치와 모루?

'아니.'

그냥 저건.

"……망치로 다 깨부수는 거잖아."

망치에 닿는 순간 적들이 가루가 되어 버린다.

―리멘님을 위하여!

―리멘님을 위하여!

이레귤러 둘이 만들어 낸 길을 따라 신앙심으로 무장한 성기사들이 과감하게 파고든다.

사방에서 그들을 막기 위한 공격이 쏟아져 내린다.

마법, 화살, 심지어 출처를 알 수 없는 첨단 무기까지.

하지만 성기사들은 당연하다는 듯이 그 공격을 몸으로 받아 내며 정면을 꿰뚫는다.

방어진의 좌익에서 시작된 균열은 빠른 속도로 적의 중심까지 번져 나가기 시작했다.

끼에에에엑!

Wha! Ka ki kun!

적들은 괴성을 내지르면서 죽음으로부터 도망치려 했으나, 리멘 교단의 말발굽은 그걸 용납지 않았다.

마치 현대의 탱크가 장애물을 짓밟고 지나가듯.

쿠구구구구구궁.

도망치는 적들은 전투마의 말발굽에 의해 깔려 곤죽이 되어 버린다.

강채아는 그 모습을 바라보며 난생처음으로 무력감을 느꼈다.

더 이상 전술은 무의미하다.

힘.

압도적인 힘만이 이 전장을 나타내는 유일한 수식어였다.

"라파엘 님, 천자현 님."

강채아는 옆에서 대기하고 있던 라파엘과 천자현을 향해

말했다.

"예, 말씀하십시오."

이쯤되니 강채아는 그냥 편하게 생각하기로 했다.

전술?

그딴 건 일단 나중에 생각하라지.

"적의 중심이 무너지고 있습니다. 즉각 병력을 이끌고 중심을 헤집어 주세요. 리멘 교단과 양쪽에서 밀어붙여야 적들을 완전하게 섬멸할 수 있습니다."

"알겠습니다."

"피해를 최대한 줄여 주세요. 부탁합니다."

"걱정하실 필요 없습니다. 안 그래도 저 사람들만 재미 보는 것 같아서 질투가 나던 차라."

"무기를 실험할 좋은 기회로군요."

몸이 근질근질하던 이레귤러들의 전격 투입 결정.

전투가 처음 세웠던 계획과는 다소 다른 방향으로 흘러가고 있었으나, 강채아는 어쨌든 좋았다.

'역시, 전투는 어떻게든 이기는 게 장땡이야.'

그냥, 그렇게 생각하기로 했다.

마치 김시우처럼.

강채아는 한숨을 내쉬면서 고개를 끄덕였다.

어느새 리멘 교단의 방식에 적응해 버린 강채아였다.

무엇을 위해

광기는 전장 속의 피를 연료 삼아 더욱 거세게 불타오른다.

"뚫어라!"

적의 반격 의지는 이미 무너져 내렸다.

안 그래도 허술한 진형을 갖추고 있던 적들의 연결 고리는 우리 교단의 기병대에 의해 하나도 남김없이 끊겨 버렸다.

적들은 분명히 많다.

하지만 그들의 희미한 결속력마저 분쇄해 버린 이상, 녀석들은 지휘 체계를 아예 상실해 버렸다.

백명교도, 하물며 중국 정부도.

따로따로 노는 그놈들을 더 이상 통제할 수는 없었다.

나는 라파엘이 업그레이드해 준 슈트를 통해 시야를 확장
시켰다.

시야 우측 상단에 드론들이 제공해 주는 전장 상황이 떠오
른다.

리멘 교단은 이미 적의 좌익을 완벽하게 짓밟았다.

내 지시에 따라 루나가 이끄는 병력이 곧장 적들의 후방으
로 향해서 퇴로를 차단했다.

우리의 병력이 많지는 않아서 완전한 퇴로 차단은 불가능
하다.

포위를 통해 가둬 두고 패기에는 적의 병력이 너무나도 많
았다.

하지만 굳이 포위까지 할 필요는 없었다.

애초에 우리의 목표는 적의 단절.

적의 혼란을 가중시키기 위해서 루나 쪽에는 에이든을 붙
여 두었다.

"흐하하하하하!"

에이든의 투기가 잔뜩 담긴 외침이 전장 전체에 울려 퍼졌
다.

에이든은 그냥 물 만난 물고기였다.

베스와 호흡을 맞추고 있는 그는 적의 숫자가 얼마가 됐던
크게 상관하지 않았다.

콰아아아아아앙—.

그가 휘두르는 도끼는 적들의 방어선을 무참히 박살 낸다.

드론을 통해 일찍이 파악했던 적의 전쟁 병기?

아무리 수준 높은 기술의 병기라고 한들, 에이든의 힘을 받아 내진 못했다.

우우우우우우웅.

내 쪽에도 거대한 전쟁 병기 한 기가 접근하기 시작한다.

그러나 나는 피식 웃으면서 창을 소환해 냈고, 머뭇거림 없이 녀석을 향해 창을 던졌다.

집채만 한 창은 엄청난 속도로 병기의 가슴팍을 꿰뚫었다. 그러자 잠시 후.

파아아아아앙!

병기는 푸른색 불꽃과 함께 산산조각 났다.

그 불꽃 사이로 리멘 교단의 성기사들이 용감하게 돌진했다.

성기사들을 향해 마법, 검, 총알, 그 밖의 난생처음 보는 무기들이 쏟아졌지만, 그 누구도 머뭇거리지 않았다.

"리멘께서 우리를 지켜 주신다!"

"한 놈도 남기지 않고 짓밟아라!"

수많은 전장을 극복해 낸, 그야말로 역전의 용사들이 최선 두에 선다.

한 점으로 결속된 힘은 이미 옅어진 적의 방어선을 잔뜩 헤집어 두기 시작한다.

확실한 기선 제압이었다.

우측 상단의 전장 화면을 통해서도 적의 방어선 전체가 출렁거리는 게 보였다.

그러나 마냥 안심할 수는 없었다.

적들은 이세계에서 넘어온 놈들이 대부분이다.

즉, 고대 신의 허락 없이는 돌아갈 수 없는 놈들이 대부분이란 뜻이다.

궁지에 몰린 쥐들은 고양이조차 문다.

진짜 중요한 건 지금부터다.

전장에서는 승리만큼이나 강력한 동기부여가 하나 있다.

그것은 바로 생존.

살아 있는 생명체라면 모름지기 가지고 있는 생존 본능은 극한의 상황일수록 더욱 강하게 발현된다.

이럴 때일수록 조심해야 한다.

살기 위해 발악하는 놈들만큼이나 위험한 건 없으니까.

"슬슬 움직일 때가……."

그때였다.

귓가에 연결되어 있는 통신 장치를 통해서 라파엘과 자현이의 목소리가 전해져 왔다.

─본대 합류합니다.

─중앙부터 뚫습니다.

때맞춰 들어오는 본대의 진격 소식.

나는 씨익 웃으면서 고개를 끄덕였다.

"늦는 줄 알았잖아요."

―그럴 리가요.

―형님 혼자 재미 보는 건 억울하잖아요? 라파엘만 재미 보고 있었단 말이죠.

'망치'가 마음 놓고 적의 측후방을 두드릴 수 있던 데에는 누구보다도 라파엘의 영향력이 가장 컸다.

강력한 화력 지원으로 적들을 정신 못 차리게 해 줬던 것이다.

안 그래도 부실한 지휘 체계인데, 라파엘의 화력을 비롯한 각종 폭격에 노출되니 말 다 했지 뭐.

―15초 뒤, 마지막 포격이 착탄합니다. 착탄 후에 곧바로 진격을 개시합니다.

"빨리 오세요. 늦게 오면 맛있는 거 내가 다 먹어요."

―드론들을 통해 적들의 지휘관으로 보이는 녀석들을 확인했습니다. 슈트 시스템을 통해서 정보를 전송해 뒀습니다.

라파엘의 말과 함께 우측 상단의 전장 지도에 표식이 몇 개 찍힌다.

굳이 부탁하지 않아도 알아서 해 주는 우리의 라파엘.

나는 전송된 적 지휘 개체들의 좌표를 확인하면서 슬쩍 입꼬리를 올렸다.

역시, 이래서 자주 손발을 맞춘 사람들이 중요하다.

척 말하면 척 알아듣잖아?

ㅡ리멘 교단 측에서는 지휘관을 최우선적으로 제거해 주면 될 것 같습니다.

"저놈들은 저랑 에이든이 맡겠습니다. 리멘 교단의 지휘권은 루나에게 넘겨줄 테니, 전술 지침은 루나에게 말하면 될 겁니다."

적들은 이미 수십 갈래로 찢겨 나갔다.

이제 남은 건 쪼개진 파이를 맛있게 입에 집어넣는 것뿐.

콰우우우우우우ㅡ!

나는 적들의 가운데에서 솟아오르는 거대한 비행 괴수를 바라보면서 가볍게 몸을 풀었다.

드래곤과 비슷하게 생긴 생명체.

녀석이 내뿜는 적의가 피부 끝을 따갑게 때려 대기 시작한다.

이제부터 내 역할은 바로 저런 특이 개체들을 제거하는 것이다.

"빠르게 끝냅시다."

이번 전투를 질질 끌 생각은 없었다.

베이징까지는 아직 갈 길이 멀다.

그 길에 어떤 장애물이 있을지는 모르겠다만…… 일단 지금은 눈앞의 장애물부터 치울 때다.

나는 나를 태우고 달려가던 백설이의 머리를 쓰다듬어 주며 말했다.

"백설아, 나 다녀온다."

"올 때 츄르!"

"끝나고 잔뜩 멕여 줄게."

"알았어. 나는 루나한테 합류하면 되지?"

"역시, 똑똑해."

잠깐의 인사를 끝으로.

부우우우웅-.

슈트의 비행 기능을 통해 하늘로 치솟아 올랐다.

라파엘이 상당 부분 개선해 줬지만 비행 가능 시간은 불과 15분.

소모되는 비용도 천문학적인 수준이라 손끝이 떨리긴 하지만…… 어쩔 수 없지.

15분 내에 다 끝낼 수밖에.

그렇게 나는 한숨을 내쉬면서 비행 괴수들을 향해 쇄도했다.

⚜

리멘 교단 소속의 성기사이자 리멘 교단의 선지자인 강주원은 정신없이 앞을 향해 달려 나갔다.

"하아."

턱 끝까지 숨이 차오른다.

쉴 새 없이 검을 내리쳐 적의 숨통을 끊었는데도, 적들은 끊임없이 몸을 일으켜 달려든다.

사방이 온통 적이다.

난생처음 보는 기괴한 몬스터들이 시시각각 그를 향해 달려들었으나, 그는 전혀 두렵지 않았다.

카아아아아앙–!

그의 옆에는 수많은 동료들이 있었다.

그와 등을 맞대고 있던 성기사가 방패를 들어 강주원을 향해 날아들던 창을 튕겨 낸다.

"선지자님, 등은 저에게 맡기십쇼. 저희를 믿고, 계속 나아가시면 됩니다."

"……고맙습니다."

강주원은 자신을 대신해 공격을 막아 준 푸른 머리의 사내를 바라보며 가볍게 고개를 숙였다.

에덴에서 넘어온 선배들.

그리고 그는 저 사내의 이름이 '셀로스'라는 것도 떠올렸다.

에덴에서 넘어온 이들은 지구의 교육생들을 극한까지 몰아붙이며 교육했다. 강주원 역시 마찬가지였다.

이 남자는 훈련 때만 해도 자신을 잡아먹을 듯이 달려들던 선배 중 하나가 아니던가?

하지만 동시에 에덴의 선배들은 강주원, 그를 한 명의 선지자로서 존중해 주었다.

선지자.

리멘 교단을 대표하는 자들이며, 리멘으로부터 사명을 부여받은 자들.

그는 교황이자 은인인 김시우가 자신에게 처음 손을 내밀었던 순간을 떠올렸다.

테러 현장에서 갈피를 못 잡고 헤매던 자신에게, 수많은 위협에 노출되었던 못난 자신에게, 기꺼이 손을 내밀었던 교황.

강주원은 원인 불명의 병에 걸려 신음하던 동생이, 완치되어 자신을 껴안았던 순간도 떠올렸다.

그 모든 행운은, 그 모든 행복은 온전히 리멘 교단으로부터 왔다.

불행으로 가득 찼던 그의 인생에 한 줄기 빛을 내려 준 존재들.

리멘, 교황, 그리고 리멘 교단.

그들은 은인이었으며, 동시에 새로운 가족이었다.

"선지자님."

그와 등을 맞댄 셀로스가 웃음기 가득한 목소리로 말을 걸어왔다.

"그거 아십니까?"

"……예?"

"선지자님의 신성력은 이미 저희보다 훨씬 강력합니다. 실전 경험? 실전 경험도 다른 애송이들보다 훨씬 압도적이었죠. 물론 에덴에서 넘어온 저희 눈에는 비슷비슷했지만……."

카아아아앙-.

그는 다시 한번 적의 공격을 방패로 튕겨 내면서 말을 이어 갔다.

"……그래도 다른 애송이들과는 싹수부터 달랐다구요. 그래서 저희는 선지자님께 기대가 참 큽니다. 그러니까, 그러니까 말입니다."

카아아아아아아앙-!

"이제 슬슬 저희의 기대에 부응해 주실 때가 된 것 같지 않습니까?"

콰우우우우우!

하늘에서 거대한 괴수가 떨어진다.

강주원은 그 괴수의 대가리 위에 서 있는 한 남자를 바라보았다.

그를 이곳까지 오게 해 준 고마운 은인.

김시우.

다시 시선을 돌려 지상을 바라보았다.

그곳에는 그 어느 때보다 성난 기세로 적들을 박살 내고 있는 루나와 적들의 피를 뒤집어쓴 채로 주먹을 후려갈기는 레오가 서 있었다.

"비록 우리 어린 선지자 두 분은 안전을 위해 신전에 모셔 두었지만…… 언젠가는 그분들도 장성하여 교단을 지켜 주실 겁니다."

강주원은 그의 이야기가 서울 신전에 잔류한 '진승우'와 '김시연'의 이야기라는 것을 깨달았다.

첫 만남부터 자신을 살갑게 대해 줬던 어린 두 동생들.

리멘 교단이라는 울타리 내에서 한 가족이 되었다는 걸 여실히 깨닫게 해 주었던 그 사랑스러운 동생들.

그는 곧 어째서 셀로스가 자신에게 그 이야기를 해 주었는지를 깨달을 수 있었다.

"교황 성하께서는 생전 몰랐던 저희와 저희의 세계를 위해 싸워 주셨습니다. 그렇기에 저희도 기꺼이 성하와 성하의 세계를 위해 싸우러 왔습니다."

"잘 알고 있습니다."

"선지자님."

"예."

"리멘 교단이 이렇게 치열하게 싸우는 이유에 대해서 알고 계시지요?"

카아아아아아앙—.

셀로스의 질문에 강주원은 손에 쥐고 있던 검을 부드럽게 고쳐 잡았다.

그리고 천천히 이 어지러운 전장을 둘러보았다.

극한의 상황에서도 죽음을 두려워하지 않는 용감한 이들.

저들이 저렇게 치열하고 절박하게 싸우는 이유를, 강주원은 이미 알고 있었다.

단지 셀로스는 그 이유를 다시 한번 되짚어 주었을 뿐.

"……지키기 위해서."

이들 모두는 지키기 위해서 이 자리에 서 있다.

에덴에서 넘어온 이들도. 지구에서 태어난 이들도.

결국, 지키기 위해 싸우고 있다.

셀로스는 강주원의 대답에 크게 미소를 지었다.

"맞습니다. 그러니까 한 가지만 부탁드리겠습니다."

콰지지직—.

방패를 던져 적의 머리를 박살 낸 셀로스가 강주원을 돌아보았다.

"선지자님께서 저희를 지켜 주십시오. 본인 스스로도 이미 알고 계시잖습니까? 당신에게는 이미 충분한 자격과 능력이 있다는 것 말입니다."

그때였다.

콰아아아아아.

허공에서 거대한 불덩이가 날아왔다.

모든 걸 불태울 것만 같은 그것이 바닥에 닿는다면, 수많은 동료들이 재가 되어 버릴 것이다.

강주원은 천천히 그 불덩이를 향해 손을 뻗었다.

화르르륵.

그의 손에서 새하얀 불꽃이 피어올랐다.

리멘의 선지자로서 허락된 성화가, 그 성스러운 불꽃이 그의 전신에서 흘러나왔다.

당신에게 진정한 〈선지자〉로서의 사명이 부여됩니다.
〈리멘〉이 당신을 따스한 눈빛으로 바라봅니다.

성화는 푸른 불덩이를 남김없이 먹어 치운 후, 지쳐 가는 동료들의 몸속으로 스며들었다.

강주원은 자신의 손에 남아 있는 새하얀 불씨를 바라보며 고개를 끄덕였다.

그리고 그런 그를 바라보고 있던 셀로스가 그 어느 때보다 환한 미소로 말했다.

"바로 그겁니다, 선지자시여."

이제는 자신이 그들을 지켜 줄 차례였다.

✣

"기특하네."

나는 전장의 한복판에 피어오른 새하얀 성화를 바라보며 흐뭇하게 미소를 지었다.

선지자로서 피워 낼 수 있는 성스러운 불꽃.

성화.

저 불꽃은 틀림없이 지구에서 각성한 우리 교단의 선지자 중, 유일하게 이번 전쟁에 동원된 주원이의 불꽃일 것이다.

무협 소설에서 후지기수들을 양성하는 스승들의 마음을 알 것 같다.

그레이스도 내가 열심히 가르치긴 했다만, 결국 바티칸에서 위탁 교육을 보낸 거였기 때문에 딱히 막 뿌듯하다는 감정은 없었다.

그런데 전장을 수놓는 저 성화를 보고 있자니 나도 모르게 입꼬리가 올라간다.

"막내가 큰일 했어."

선지자 중의 막내.

비록 첫째랑 둘째가 나이가 너무 어린 바람에 전장에 데려오지는 못했지만…… 아마 전장에서는 주원이를 따라가지 못했을 거다.

실전 경험이라는 건 무시할 수 없다.

주원이는 재각성을 통해서 우리 교단의 선지자가 된 케이스.

이능관리부에 속했던 시절 쌓았던 경험이 고스란히 개화

했다.

이번 전투는 주원이의 첫 데뷔기도 했다.

그간 선지자였음에도 큰 존재감이 없었던 주원이.

그런 주원이가 이제 한 명의 선지자로서 온전히 전장 위에 서 있다.

우리 교단에 있어서 그건 큰 축복이었다.

어쩌면 리멘이 신경을 많이 써 준 게 아닐까?

선지자의 존재는 우리 교단에게 있어서는 모닥불과도 같다.

어둠을 밝히며, 주위에 온기를 나눠 준다.

ㅡ환한 불빛입니다. 교황님께서 피워 올리시는 줄 알았더니만, 불지기는 다른 친구인가 봅니다?

귓가에 라파엘의 목소리가 울려 퍼졌다.

"우리 교단의 미래죠. 불이 밝죠?"

ㅡ보는 것만으로도 따뜻합니다. 보기 좋습니다.

"우리도 슬슬 끝냅시다."

본대가 전장에 참여한 순간, 이미 적들은 패배를 직감했다.

아무리 덩치가 큰 놈들이라도 갈갈이 찢겨 나간 상태에서는 할 수 있는 것이 없었다.

이미 자현이가 이끄는 별동대가 적들의 충원 병력을 막아 내고 있었고, 라파엘의 화력은 그나마 피해가 적었던 적의 우익을 휩쓸고 있었다.

나는 내 앞에서 발악을 해 대던 몬스터의 목을 단번에 뽑아 버린 다음, 천천히 전장의 상황을 살폈다.

승기는 이미 이쪽이다.

대승, 그것도 엄청난 대승이 눈앞에 있었다.

이레귤러 전원을 투입한 엄청난 규모의 전투.

각 지역에 투입된 이레귤러들은 이름값에 걸맞은 활약을 보여 줬다.

전술?

어쩌면 처음부터 전술 따위는 필요 없었을지도 모른다.

"크하하하하하하!"

달려가는 것만으로도 적의 진형을 무너뜨리고, 사기를 깎아 내리는 에이든.

콰아아아아아앙—!

—우익 반파.

엄청난 화력으로 전장을 지배하는 라파엘.

—적 증원군 끊었습니다.

거기에 예상하지 못했던 압도적인 카리스마로 병력을 지휘하고 있는 자현이까지.

이레귤러들의 활약 속에 전투는 어느새 마지막 단계에 이르렀다.

적들은 생존을 위해서 한 점으로 뭉친다.

지능이 있는 놈들은 저런 게 무섭다.

살기 위해서 가장 현명한 방법을 선택하려고 한다. 퇴로가 차단되어 있고, 아군이 밀리고 있을 때.

불완전한 포위망을 뚫을 수 있는 방법이 바로 저거다.

일점 돌파.

가용한 모든 전력을 이용하여, 포위망의 가장 취약한 부분을 꿰뚫고 도망친다.

"그래, 쉽게 죽으면 재미없지."

나는 드론을 통해 샅샅이 들어오는 적들의 진형을 살피면서 혀로 입술을 핥았다.

저 녀석들의 마지막 발악이다.

게다가 저 녀석들이 노리는 '취약한 부분'이 어딘지도 잘 보인다.

우리 리멘 교단의 병력이 활약하고 있는 좌측면.

난전으로 인해 두께가 헐거워진 바로 그곳을 겨냥하고 있었다.

녀석들의 중심에는 백명교의 잔당들이 자리 잡고 있다. 그래도 대가리는 좀 돌아가는 놈들답게 본인들의 유일한 돌파구가 어딘지 찾아냈다.

하지만 딱 거기까지다.

이미 모든 걸 내려다보고 있는 이상, 녀석들에게 탈출구는 없다.

처음부터 부서져 가던 희망.

나는 이곳에서 그 누구도 살려 보낼 생각이 없었다.

우우우웅.

격을 움직여서 공간을 접었고, 곧바로 탈출을 꿈꾸는 녀석들 앞으로 이동했다.

전투의 패잔병들.

셀 수 없이 다양한 이종족으로 구성된 그 패잔병들은 나와 눈이 마주치자마자 절망에 물들었다.

"어딜 도망가려고."

희미한 희망을 짓밟는 건 아주 쉬운 일이다.

특히, 나를 마주하자마자 잔뜩 쫄아 버린 저놈들이라면 더더욱 쉽다.

"슬슬 끝내야지?"

지겨운 전투를 마무리 지을 시간이다.

나는 손을 가볍게 까딱여서 신성력을 방출했다.

잠시 후.

우우우우우우웅─!

내 등 뒤에 수천 개의 창이 모습을 드러냈다.

시야를 빼곡하게 메우는 수천 개의 창을 본 순간, 적들의 얼굴에 드리워져 있던 그늘이 더욱 짙어졌다.

본인들의 죽음을 직감한 걸까?

녀석들은 떨리는 손으로 무기를 움켜쥔다. 그리고 괴성을 내지르면서 나에게 달려들었다.

끼아아아아아아!

최후의 발악이 시작된다.

그리고 나는 그 녀석들을 비웃어 주면서 한 번 더 손가락을 까딱였다.

"끝이다."

콰아아앙-.

콰아아아아아앙-!

하늘에서 창이 소낙비처럼 쏟아져 내리기 시작했다.

한참 동안이나 이어진 소낙비.

소낙비가 그친 자리에는 아무것도 남아 있지 않았다.

나는 어느새 깊숙이 파여 버린 구덩이를 들여다보면서 가볍게 숨을 뱉어 냈다.

승리였다.

그것도 압도적인 승리.

이제 남은 건 최대한 신속하게 패잔병들을 제거하는 것뿐.

그렇게 나는 피해를 조금이라도 줄이기 위해 다시 전장 속으로 파고들었다.

꧁꧂

그로부터 2시간쯤 뒤.

전투는 완전히 끝났다.

"대승입니다."

"아군 측의 피해를 집계하고 있지만, 사망자가 굉장히 적습니다. 부상자들은 현재 리멘 교단의 사제들이 치료 중입니다!"

"미리 지급한 최상급 성수가 큰 효과를 봤습니다!"

임시 사령부로 복귀한 참모들의 얼굴은 굉장히 밝았다.

그도 그럴 것이 엄청난 대승을 거두었기 때문이다.

아직까진 아군 측의 피해를 정확하게 집계할 수 없었으나, 적은 이미 전멸에 가까운 피해를 입었다.

공중을 통해서 도망가려고 했던 마지막 패잔병 무리들도 결국 라파엘의 화망을 벗어나지 못한 채로 잿더미가 되었으니, 사실상 전멸이라고 봐도 무방했다.

압도적인 교환 비율.

동북아시아 전쟁이 시작된 이후, 이 정도 스케일의 전투는 없었다.

전쟁의 승기를 좌지우지할 규모의 전투에서 엄청난 승리를 거두었으니 다들 표정이 밝을 수밖에.

나는 사령부의 천막에 가만히 앉아서 루나가 전해 주는 보고를 들었다.

"사망자 170명. 부상자 305명. 이상입니다. 사망자들 중 110명이 에덴에서 넘어온 성기사들입니다."

"……내가 예상하고 있는 그 이유 맞아?"

"그들은 교단의 미래를 위해 기꺼이 목숨을 내던졌습니다. 죽는 그 순간에도 스스로의 죽음을 명예롭게 여겼습니다. 그들이 미리 작성한 유서에 따라, 그들의 시신은 서울 신전에 함께 안장될 예정입니다."

전투 규모에 비해서 사상자의 숫자는 적은 편이었다.

전투는 언제나 죽음을 부른다.

나 역시 그 사실을 모르는 게 아니지만, 항상 이 보고를 들을 때마다 마음 한쪽이 저려 오는 건 어쩔 수 없었다.

동료의 죽음은 언제나 고통스럽다.

시간이 지날수록 그저 그 고통에 익숙해질 뿐.

나는 한숨을 내쉬면서 고개를 끄덕였다.

"그래. 부상자들 치료에 전념해 주고."

우리 교단이 가장 먼저 적진에 침투해 준 덕분에 본대의 피해는 우리보다 훨씬 적은 편이었다.

그걸 위안 삼기로 했다.

쓰러져 간 동료보다는 구해 낸 동료가 많다는 것.

죽어 간 이들이 산 자들을 지켜 주었으니, 그걸로 그들은 편히 눈을 감을 것이다.

루나는 내 말에 정중하게 고개를 숙인 후, 천막 밖으로 나섰다.

그러자 우리의 이야기를 듣고 있던 강채아가 위로의 말을 전해 왔다.

"리멘 교단의 희생 덕분에 많은 병사들이 살아남았습니다. 위대한 희생에 감사를 표합니다."

그 말은 그녀가 해 줄 수 있는 최고의 위로가 아니었을까?

나는 희미하게 웃으면서 답했다.

"우리가 해야 할 일을 했을 뿐입니다."

"리멘 교단은 이곳에서 재정비를 해 주시면 됩니다. 점령 작업은 대한민국이 주도하도록 하겠습니다."

"배려해 주셔서 감사합니다."

이레귤러들이 없었다면 더 큰 피해를 입었을지도 모르는 일이다.

결과만 보자.

결과는 대승이고, 승기는 이쪽으로 왔다.

이번 전투에서 적이 이레귤러급 전력을 동원할 거라 생각했으나, 놀랍게도 예상에서 완전히 빗나갔다.

그래서일까?

기분이 뭔가 이상하다.

우리가 무언가 놓친 것 같은 기분도 들고.

이래서 의심이 많으면 귀찮다니까? 대승인데도 마냥 기뻐할 수도 없다.

나는 천천히 자리에서 일어섰다.

그러자 천막 내부에서 활발히 의견을 교류하고 있던 이들이 일제히 나를 바라보았다.

"향후 전략을 논의하기 전에 간단히 기도하겠습니다."

전쟁이 끝난 이후, 합동 장례식이 있겠지만 그래도 이 자리에서 그들의 명복을 빌어 줘야 한다.

악한 이들을 막기 위해 기꺼이 목숨을 던진 이들에게 예의를 표하는 건, 교황인 내게 주어진 사명이기도 했다.

내 말에 천막 안의 모든 이들이 슬며시 눈을 감았다.

"정의로운 길을 위해 가장 소중한 것을 바친 이들에게 당신의 따듯한 품을 내주옵소서."

사르르르.

기도는 그리 길지 않았다.

내 몸에서 흘러나간 빛 가루가 천막을 빠져나가 허공에서 천천히 흩어졌다.

"당신이 그들을 찬란한 길로 이끌 것을 믿사옵니다. 당신의 사랑이 그들에게 닿기를."

기도는 그리 길지 않았다.

그러나 응답은 확실했다.

ㅡ걱정하지 마, 시우. 그들 모두를 내 눈에 담았으니까.

귓가에 리멘의 따듯한 목소리가 울려 퍼졌다.

그녀가 이 지구에서 나와 함께하고 있다는 것이 느껴졌다.

마치 에덴에서처럼.

내 모든 기도에 응답을 해 준다.

그것만큼 든든한 게 또 어디에 있을까?

나는 잠시 창문 밖을 바라보며 숨을 뱉어 냈다. 그리고 다시 강채아 씨에게 시선을 돌렸다.

"정화자 쪽 전선에 대한 첩보는 들어왔습니까?"

비슷한 시각, 정화자들 역시 대규모 전투를 벌였다는 소식을 들었다.

내 질문에 강채아 씨는 한숨을 내쉬며 답했다.

"교황님께서 '루시퍼'라고 명명한 개체가 이끄는 병력이 타이위안을 돌파 중입니다. 해당 방어선이 뚫리면 베이징까지 최단 경로가 뚫리는 셈이에요. 역시 교황님께서는 마지막 전장을 베이징이라고 보시네요."

"확신합니다."

테라의 말에 따르면 고대 신 놈들이 그곳에서 '회합'을 준비 중이라고 했다.

모든 건 그곳에서 끝난다.

적어도 대한민국에서 마지막 결전을 치르지 않는 게 어디인가?

그나저나 루시퍼 그 새끼, 에덴에서는 최종 보스 느낌을 풀풀 풍겨 대더니만.

여기에서는 그냥 '허접한 졸개 1'의 임무를 수행하고 있

우리 교황님 좀 말려 주세요

구나.

과연, 그 녀석은 변수가 될까?

지난번에 봤던 무명의 힘을 생각해 본다면…… 변수가 될 가능성은 현저히 낮다.

무명은 언제든지 루시퍼를 잡아먹을 수 있을 거다. 그럼에도 그냥 두는 건, 루시퍼가 지닌 전술적 역량을 버리긴 아까워서겠지.

루시퍼는 에덴의 전쟁을 총지휘했던 녀석이었으니까.

"하아."

그래도 부정적으로 생각할 필요는 없었다.

이번 전투의 대승을 통해 우리는 가장 큰 장애물을 치워냈다.

이제 남은 건 베이징까지 확 뚫어 버리는 것.

내가 그렇게 참모들과 이런저런 이야기를 나누고 있을 때쯤이었다.

시스템의 관리자가 당신에게 대화를 신청합니다.

갑자기 테라가 말을 걸겠다는 메시지가 눈앞에 떠올랐고, 곧 귓가에 테라의 목소리가 울려 퍼졌다.

－교황, 우리가 당한 것 같은데?

……뭐가?

―양면 전선을 연 이유, 대강 파악했다. 이번 전쟁에서 희생되는 모든 영혼이 제물이다. 녀석들은 양쪽에서 제물을 흡수하는 거였어. 인구가 많은 그 땅에서 회합을 여는 이유도 바로 그거다. 이세계에서 데려온 놈들을 그냥 죽게 놔둔 것도…….

아무래도 아까 전에 느꼈던 불길함의 이유를 찾은 것 같다.

⁂

테라의 말을 듣고 급히 서울의 신전으로 돌아왔다.

서울 신전에는 내가 대한민국 정부와 미국 정부 측에 요청한 정보원들이 도착해 있었다.

대한민국 측의 대표는 당연히 이능관리부의 김동식 실장.

의외였던 건 미국에서 보낸 대표였다.

"연방특수능력조사국 소속 리 지에라고 합니다."

그녀의 정체는 바로 리 지에.

예전, 동북아시아 교류전 때 왕 웨이의 오른팔로 대한민국에 들어왔던 바로 그녀였다.

루나에 의해 제대로 교육을 받았던 그 여자가 맞다.

"오, 우리 지에, 잘 지냈어? 출세했네?"

루나는 반갑다는 듯이 리 지에를 향해 손을 흔들었다.

그러자 리 지에의 얼굴이 하얀빛으로 변한다

원래도 흰 피부를 자랑했던 그녀였으나, 혈색이 눈에 띄게 안 좋아진다.

이래서 트라우마가 참 무섭다.

저거 봐라.

꼼짝도 못 하고 있다.

나는 리 지에와 김 실장에게 국화차를 한 잔씩 내준 다음, 의자에 몸을 묻으면서 말했다.

"피곤하네요. 리 지에 양, 미국에서 잘해 줍니까?"

내 부드러운 질문에 리 지에는 기합이 바짝 들어간 목소리로 답했다.

"만족하고 있습니다! 교황님께서 제 인생을 구원해 주신 덕분에 더 이상 두려운 게 없습니다."

"하하, 제가 또 언제 구원을 해 드렸다고."

"아닙니다. 교황님이야말로 제 인생에 새로운 이정표를 제시해 주셨습니다! 그야말로 빛과 소금! 제 인생에 가장 큰 영향력을 끼치신 분입니다."

"못 보던 사이 사회생활이 많이 느셨네요."

"저는 그저 진실만을 말하고 있을 뿐입니다."

리 지에의 체질 개선은 완벽하게 이루어졌다.

사실상 루나의 작품 1호.

루나는 나를 향해 끊임없이 아부를 떨어 대는 리 지에를 바라보면서 흡족하게 고개를 끄덕였다.

"역시, 물리적인 회개만큼 효과적인 건 없죠. 안 그래요, 성하?"

"도대체 그날 어떤 일이……."

"여자들만의 비밀이랄까요?"

루나는 웃으면서 리 지에의 어깨에 팔을 둘렀다.

순간, 나는 리 지에의 이마에서 진땀이 흘러내리는 걸 목격했다.

얼마나 무서울까?

마치 포식자 앞의 피식자를 보는 것만 같다.

"두 분 다 앉으시죠."

나는 그들에게 손을 내밀어서 의자를 권했고, 그 둘은 고개를 끄덕이며 자리에 앉았다.

루나는 옆의 의자를 끌고 와서 리 지에의 옆에 앉았다.

"리 지에 양은 그래도 미국에서 꽤 신임을 받고 있는 중인가 봅니다?"

"부끄럽지만…… 제가 아는 게 꽤 많았습니다."

"아, 그래요?"

정보를 과감하게 넘겨 버렸구만.

거기에 내가 에이든과 라파엘에게 리 지에에게 힘 좀 실어 달라고 했다.

우리도 아는 미국 정보원이 있으면 편하잖아?

나와의 연관성.

거기에 이레귤러 둘이 밀어준 효과가 아주 탁월했던 모양이다.

리 지에는 살짝 떨리는 목소리로 이야기를 시작했다.

"이번에 동북아 전쟁과 관련되어, 중국에 위치한 미국의 정보원들을 총괄하게 되었습니다."

"잘된 일이네요. 아직 중국 내부에 미국의 정보원들이 남아 있습니까?"

"정보원들에 대해서는 말씀드리기 곤란합니다."

"에이든이 그때 술 마시고 슬쩍 얘기해 주던데."

"……예?"

"불안한 중국 정세를 이용해서, 중국 정부 내부의 인원들을 추가로 포섭했다면서요?"

그 말에 리 지에가 입을 싹 다물었다.

국가 기밀 유출로 에이든을 고발해야 하나 고민하고 있는 듯한 눈치였다.

나는 국화차를 한 모금 목으로 넘겼다.

뜨듯한 차가 목을 넘어가니, 향긋한 국화의 향이 느껴졌다.

"중국의 서부 전선에 대한 이야기를 해 주시죠. 제가 좀 들은 게 있어서."

"어떤 정보를 원하시는 겁니까?"

"전투의 양상, 피해 규모. 이 정도면 될 것 같네요."

리 지에는 고개를 끄덕인 다음, 서류 가방에서 서류 몇 장을 꺼냈다.

서류의 정체는 중국 정부 내부에서 작성한 듯한 전투 보고서였다.

"준비성이 철저한 게 보기 좋습니다. 정말 열심히 살고 계시는군요."

"변절자가 인정받기 위해서는 항상 최선을 다해야 합니다."

"그래야죠. 아, 혹시 또 변절하실 생각은?"

"죽어도 없……."

"리멘 교단에서 부르면 오실 건가요?"

"……그건 생각을 한번…….."

예전에도 느꼈지만, 반응이 참 재밌다.

이래서 루나가 슬쩍 괴롭히는 걸까?

나는 피식 웃은 다음, 그녀가 건네준 서류를 읽어 내려갔다.

테라가 나에게 들려준 이야기에 따르면, 녀석들은 일부러 병력 피해를 확대하고 있다고 했다.

실제로 보고서에 적힌 내용만 봐도 그렇다.

분명히 전술적으로 영리하게 행동하면서 피해를 줄일 수 있는 부분이 보였는데, 놈들은 전혀 피해를 줄일 생각이 없어 보였다.

소모전.

그저 '생명'을 자원으로만 여기는 무의미한 소모전이 이어져 오고 있는 것이다.

"최전선에 있는 지휘관들이 전략을 재고해 달라는 요청을 이어 오고 있는 것으로 확인되었습니다."

"그렇겠지. 전략의 전 자도 모르는 사람들이 보더라도 이건…… 그냥 나가서 죽으라는 건데…… 베이징에 대한 정보는요?"

"베이징에 존재하는 모든 정보원들과 연락이 닿지 않습니다."

수천만, 아니 수억의 영혼을 제물로 바쳐 가면서 치르는 의식이라.

테라의 말로는 그것이 '새로운 질서'와 연관되어 있는 의식이라고 했다.

"수억의 생명을 갈아 넣으면서까지 만들어 내는 질서에 도대체 무슨 의미가 있을까."

"……성하?"

"아, 그냥 혼잣말이야."

나는 보고서를 책상 위에 내려놓으면서 크게 한숨을 내쉬었다.

어째서 고대 신들이 중국 대륙을 전장으로 삼았는지 알 것 같다.

많은 숫자의 인간.

그리고 분쟁을 일으키기 쉬운 지역.

동북아시아는 예전부터 원자로라고 불렸던 지역이었으니까.

그 수많은 생명을 갈아 넣으면서 준비하고 있는 의식이 어떤 건지는 사실 상관없다.

녀석들이 새로운 세계를 창조하는 의식을 준비한다고 한들, 그냥 가서 깽판을 쳐서 다 박살 내면 된다.

나는 빠르게 머리를 정리했다. 그리고 김 실장에게 물었다.

"중동 전쟁 상황은 어떻게 흘러가고 있습니까?"

"고대 신을 추종하는 세력이 둘로 나뉘어서 한쪽은 유럽, 한쪽은 중국으로 이동 중입니다. 중국으로 향하는 고대 신의 병력은 현재 몽골을 지나고 있는 것으로 확인되었습니다."

"시간을 질질 끌면 도리어 정화자 놈들이 잡아먹히겠는데요."

"그들이 조금 더 길게 우회하여 대한민국의 뒤를 칠 가능성도 배제할 수는 없습니다."

그나마 다행인 건 대한민국과 일본의 국내 상황이 안정화되었다는 점이다.

전쟁을 수행하는 데 있어서 내부의 안정만큼 중요한 건 또 없다.

유럽 쪽으로 병력을 나눈 건…… 아마 유럽의 각성자들이 아시아를 돕는 걸 막기 위해서 일부러 시선을 분산시켰을 터.

뻔히 보이는 수지만, 이런 극한의 상황에서는 그것만큼 또 효과적인 게 없다.

"미국은 지금 상황 어때요, 리 지에 양?"

"남미 쪽에 개입을 하면서 빠듯한 상황입니다. 대통령께서 김시우 교황님께 양해를 구한다고……."

"하긴, 남미만으로 벅찬 상황이겠지."

그래도 미국이 남미를 커버해 주고 있으니 그나마 신경 쓸 곳이 적은 거지.

어쨌든 베이징에서 나를 기다리고 있는 놈들이 이 거대한 악의의 핵심이다.

결국, 그 녀석들을 세상에서 지워 내야 이 끔찍한 사태가 끝난다.

테라가 건네준 정보에 대한 디테일은 대강 파악했다.

나는 손으로 얼굴을 쓸어내리면서 말했다.

"정보가 업데이트될 때마다 바로바로 전달해 주세요."

큰 산을 넘었다.

그러나 그 산 너머에는 까마득히 높은 정상을 지닌 산이 또 자리 잡고 있었다.

하지만 절망하진 않는다.

승산?

승산 따위는 크게 따지지 않기로 했다.

나와 함께 등을 맞대 줄 사람들이 많다. 그거면 된 거다.

⁂

중국의 상황에 대한 정보를 건네준 둘이 돌아간 이후, 나는 곧바로 선양으로 복귀하진 않았다.

내일까지가 우리 교단에 주어진 재정비 시간이었다.

나에게도 리프레시할 시간이 필요하다.

체력적인 게 힘든 게 아니라, 정신적으로 힘든 거니까.

그리고 지구에는 정신적인 피로를 풀어 주는 사람들이 참 많다.

"오빠아아아아!"

정원에서 페어리들과 뛰놀고 있던 우리 시연이처럼.

그래도 에덴보다는 낫지.

시연이의 얼굴을 보고 있으면 고민이 스르륵 사라진다.

그런데 시연이의 옆에 누군가 서 있었다.

우리 교황님 좀
말려 주세요

그것도 아주 익숙한, 아름다운 여인이.

"오빠! 저 언니가 오빠랑 엄청 친하다고 해서 같이 놀고 있었어. 엄청 예쁘던데, 오빠랑 어떻게 아는 사이야?"

시연이는 내 품에 안겨서 해맑게 미소를 지었다. 그러더니 내 귓가에 조용한 목소리로 속삭였다.

"오빠 여자 친구면 나는 대환영이야. 어쩐지 우리 오빠 다른 여자한테 관심이 없더라! 언제부터 사귀고 있었어?"

"만난 지는 한 10년은 됐지 싶은데?"

"10년? 10년이면…… 으음. 아! 이번에 에덴에서 넘어온 선배님들이랑 같이 넘어오신 건가? 그럼 저 언니도 리멘 교단 소속이야?"

리멘 교단 소속이라…….

어찌 보면 뭐…… 그렇다고 할 수 있겠지?

나는 시연이의 머리를 쓰다듬어 주면서 고개를 끄덕였다.

"리멘 교단 소속은 소속이지."

"시우, 시연이는 역시 참 사랑스러워. 이거 화관 보여? 시연이가 나랑 어울린다고 만들어 줬어."

아름다운 여인, 그러니까 리멘은 화사하게 웃으면서 나에게 다가왔다.

그녀의 머리 위에는 예쁜 꽃으로 만들어진 화관이 올려져 있었다.

솜씨를 봐서는 페어리들의 도움을 받아 만든 화관인 듯

했다.

나는 리멘을 향해 웃으면서 고개를 끄덕였다.

"잘 어울려."

"다행이다."

"언니가 예뻐서 꽃들이 더 화사해 보여요! 언니가 꽃보다 더 예뻐요."

"고마워, 시연아."

딱 봐도 리멘은 시연이에게 자신이 리멘이라는 걸 알려 주지 않은 듯 보였다.

리멘은 나에게 가볍게 윙크하면서 미소를 지었다.

스스로 밝히기 전까지는 숨겨 달라는 뜻일까?

그래도 뭐…… 귀여운 시연이 옆에 리멘이 있으니 보는 것만으로도 힐링이 된다.

"오빠, 고생 많았어."

"응?"

"아침에 뉴스 봤어. 잠시 쉬러 온 거 아니야?"

"맞지."

"헤헤, 오빠는 항상 힘들면 내 얼굴 보러 오잖아! 그러니까 나는 항상 웃어 줄 거야. 그래야 오빠가 힘내서, 무사히 또 내 얼굴 보러 오지."

가족이란 게 이렇게나 소중하다.

시연이의 저 웃음을 보고 있으면, 이 세상을 지켜야 하는

우리 교황님 좀
말려주세요

가장 큰 이유를 깨닫고는 한다.

내가 무엇을 위해 싸우고 있는지, 지면 안 되는 이유가 무엇인지.

그 모든 이유가 시연이의 저 웃음에 담겨 있었다.

나는 시연이의 머리에 볼을 비볐다.

"시연이 귀여워."

"그런데 오빠."

"응?"

"리온 언니처럼 예쁜 여자 친구가 있으면서 왜 나한테는 바로 소개 안 해 줬어? 나 진짜 많이 섭섭해."

리온이라.

에덴에서 리멘이 유희를 즐길 때 사용했던 이름이었지?

아무래도 리멘은 시연이한테 본인의 이름을 리온이라고 소개했던 모양이다.

여자 친구라…….

단 한 번도 리멘을 그렇게 생각한 적은 없지만, 돌이켜 생각해 보면 그것보다 더 소중한 존재일지도 모르겠다.

나는 미소를 머금은 리멘의 얼굴을 바라보았다. 그리고 부드러운 목소리로 말했다.

"아직은 아니야."

"아직은 아니야? 뭐가?"

"……그런 게 있어. 어른들의 사정이야."

"오빠도 마음 있는 것 같은데!"

이래서 피는 못 속인다.

내 마음을 속속들이 들여다보는 것이, 시연이 앞에서는 쉽게 거짓말도 못 하겠다.

리멘은 다가와서 시연의 머리를 부드럽게 쓸어내렸다.

그러자 시연이가 눈을 둥그렇게 뜨면서 그녀에게 물었다.

"언니는 안 섭섭해요?"

"뭐가?"

"음…… 아니다. 이따가 저랑 같이 할머니 뵈러 가요! 할머니한테도 인사시켜 드려야지! 작은오빠랑은 아까 봤으니까, 이제 할머니한테만 허락받으면 돼요."

도대체 뭘 허락받으려는 걸까?

시연이는 내 품속에서 나를 올려다보더니, 곧 초롱초롱한 눈빛으로 말했다.

"나는 조카가 생겼으면 좋겠어!"

그러자 리멘이 고개를 돌리면서 잠시 시선을 돌렸다.

갑자기 조카라니?

내가 시연이에게 꾸중을 하려고 할 때, 시연이가 아주 작은 목소리로 속삭였다.

"오빠, 리멘님이 부끄러우신가 봐. 그러니까 오빠도 빨리 속아 주는 척해."

"……알고 있었……어?"

"내가 바보야? 아무튼 빨리 속아 주는 척해! 오빠나 리멘
님이나 둘 다 연기 진짜 못해."

누가 여우 아니랄까 봐.

나는 그 말에 피식 웃으면서 그저 시연이의 등을 부드럽게
두드려 주었다.

숨 쉬는 것만으로도 치유가 되는, 아주 소중한 시간이었
다.

치킨 런

　화기애애한 분위기 속에서 리멘 교단의 재정비는 마무리
되어 갔다.

　전투에 다시 나설 수 없는 병력은 곧장 서울 신전으로 보
냈으며, 교단의 금고에 쌓여 있던 각종 광석들을 통한 수리
작업이 진행되었다.

　지난번 전투로 가장 큰 피로를 느끼는 사람…… 아니, 동
물은 바로 백설이였다.

　"나 좀 쉴래."

　서울 신전으로 돌아오자마자 파업을 선언한 백설이.

　그도 그럴 수밖에 없는 게, 어마어마한 전투마들을 유지하
느라 신성력이 바닥나 버렸다.

윤기 나는 털이 트레이드마크였던 백설이의 상태는 따로 말할 것 없었다.

리멘이 슬쩍 와서 신성력을 나눠 주지 않았다면, 아마 한 달은 골골거렸을지도 모르는 일이다.

"리멘은 마음이 너무 약해. 원래 체력은 극한에 이른 상황에서 강해지는 법이야."

"그래도 아직 태어난 지 1년쯤 된 애한테 너무한 거 아니야?"

"내 고양이야."

"내 고양이기도 한데?"

"신수잖아."

"시우가 고양이라고 했잖아, 그럼 고양이지. 안 그래, 시연아?"

"리멘님 말이 다 맞아. 그런데 백설이는 내 고양이야! 시연이가 매일 밥도 주고, 놀아 주고, 쓰다듬어 줬어!"

리멘이 시연이가 자신의 정체를 간파했다는 걸 깨달은 건 1시간이나 지나고 나서였다.

부끄러움에 얼굴이 붉어지는 모습이 아주 귀여웠다.

……아, 내가 뭔 소리를.

아무튼 시연이는 백설이를 꼭 껴안은 채로 말했고, 나와 리멘은 웃으면서 고개를 끄덕였다.

"그럼 시연이 고양이 해."

우리 교황님 좀
말려 주세요

"맞아, 나도 찬성이야."

"왜 내 의사는 아무도 확인 안 해요?"

백설이가 툴툴거리는 건 가볍게 무시하기로 했다.

그렇게 잠시 후.

"오랜만에 시연이랑 술래잡기를— 허어어어억!"

"백설아아아아!"

축생과 시연이의 숨 막히는 추격전이 시작된다.

나는 소스라치게 놀라면서 도망가는 백설이와, 엄청난 속
도로 백설이에게 따라붙는 시연이를 바라보면서 흐뭇하게
미소를 지었다.

시연이의 신체 능력이 몰라보게 성장했다.

이제는 진짜 어디 가도 해코지는 안 당할 것 같다.

그저 든든할 따름이다.

"애들은 하루가 다르게 크는 것 같아."

리멘은 나를 따라 시연이를 바라보면서 아름답게 미소를
지었다.

"리멘."

"응?"

"베이징에서 벌어지고 있는 일, 테라한테 대충 들었어. 자
세히는 알려 주지 않더라. 리멘, 너는 뭔가 알고 있지?"

내 질문에 리멘은 애써 미소를 지으며 고개를 끄덕였다.

"약간은."

"말해 줘."

"짐작일 뿐이야. 짐작일 뿐인데…… 그래도 듣고 싶어?"

그녀와 나 사이를 가로막던 '인과율의 제한'은 거의 희미해졌다.

아직 일부 단어는 묵음 처리가 되지만, 그래도 나에게 필요한 정보를 얻기에는 이제 충분하다.

나는 천천히 리멘을 바라보았다.

내 시선의 의미를 파악한 리멘이 천천히 이야기를 이어 갔다.

"고대 신들은 지금 영혼을 잔뜩 모으고 있어. 인간의 입장에서 영혼이 굉장히 애매한 개념이긴 하겠지만…… 사실, 영혼은 실존해."

"나를 뭘로 보고. 이세계도 다녀온 사람인데, 영혼을 못 믿겠어? 마왕의 경우만 보더라도 알 수 있으니까 괜찮아."

영혼에 대해서는 일찍이 이해했다.

육체를 완전히 소멸키셨던 마왕들이, 아주 조그만 조각을 통해 지구에서 부활하지 않았던가?

"영혼은 바로 그런 힘이야. 차원 간의 균형을 쉽게 극복할 수 있는 가장 순수한 형태."

"……그런 힘을 고대 신들이 모으고 있다?"

"막대한 힘이지. 전쟁이 오래 지속된 세계에서는 거대한 힘을 지닌 존재가 태어나기가 쉬워. 시우도 이미 한 차례 경험했잖아?"

그녀가 말하는 '존재'가 누구인지는 금세 알아차릴 수 있었다.

리멘.

전쟁이 끝난 이후, 에덴의 주신이 된 신격.

그녀가 바로 그 증거였다.

생각이 거기까지 이르자 나는 한 가지 가설을 떠올릴 수 있었다.

"녀석들이 새로운 주신을……."

"테라의 자리를 빼앗으려 들겠지. 녀석들이 원하는 새로운 질서를 세우기 위해서는 주신좌가 필요할 테니까."

"그게 가능해? 테라가 그렇게 쉽게 내줄 것 같지는 않은데."

테라는 아주 오랜 세월 동안 지구의 유일한 신격이였다.

그런 그녀가 하루아침에 쫓겨나는 것이 가능할까?

하지만 뒤이은 리멘의 설명에 나는 침음성을 흘릴 수밖에 없었다.

"가능할 거야. 다른 차원에서 격을 쌓고 돌아온 고대 신들이 힘을 합치고, 전쟁을 통해서 영혼을 많이 모아 둔다면…… 충분히 가능해."

"힘을 합친다는 건……."

"하나가 되는 거지. 회합은 아마 누구를 중심으로 합칠지 토의하는 자리일 테고. 다른 신격의 격을 고스란히 넘겨받으면, 주신좌도 충분히 위협할 수 있을 거야."

지난번에 조우했던 플루토를 떠올렸다.

나 혼자서는 감당하기 힘들었던 그런 녀석들이 하나로 합쳐진다면…….

정말 내가 그들을 막을 수 있을까?

"시우."

나도 모르게 표정이 어두워졌던 것 같다.

리멘은 내 손을 살포시 잡으면서 말했다.

"내가 말했잖아. 내가 끝까지 책임질 거야. 그러니까 시우는 지금처럼만 해 줘."

리멘은 나에게 빈말을 내뱉진 않는다.

그녀가 테라와 어떤 거래를 했는지는 모르겠지만, 분명한 건 그 모든 결정은 나를 위한 것이겠지.

리멘은 틀린 결정을 내린 적이 없다.

그리고 그건 이번에도 마찬가지일 거다.

하지만 어째서일까?

이번만큼은 그녀가 틀렸을지도 모른다는 생각이 들었다.

그러나 나는 고개를 가로저으며 그 불안감을 떨쳐 내기로 했다.

리멘과의 대화 이후, 나는 가족들과 짧게 인사를 나눈 다음 다시 선양으로 복귀했다.

리멘 교단이 재정비를 하고 있는 사이, 대한민국의 본대는 빠른 속도로 베이징으로 향하는 길을 뚫고 있었다.

라파엘와 에이든의 활약은 단연 돋보였다.

요하 방어선에 병력을 공급하고 있던 게이트 두 곳을, 소수 병력을 이끌고 가서 박살 냈다고 한다.

방어선 이후 지역은 우리가 점령한 요동 지역과 크게 다를 바 없는 상황이었다.

거주민들이 대한민국 본대를 환영하는 분위기가 대부분이었으니, 더 이상의 설명은 필요없을 것이다.

"들어오는 정보에 따르면 현지민들도 베이징에 있는 가족들과 연락이 안 된다고 합니다."

"연락이 안 되기 시작한 기간은?"

"2주 정도. 가족을 찾으러 간 이들도 돌아오지 않는다는 이야기도 있습니다."

베이징에서 굉장히 불길한 일이 일어나고 있는 것만큼은 틀림없었다.

나는 선양에 설치된 임시 사령부에 앉아서 가만히 지도를 바라보았다.

대한민국 본대의 점령 작업은 빠른 속도로 이루어지고 있었다.

한 가지 신경이 쓰이는 건, 몽골 쪽을 꿰뚫고 들어오는 고대 신의 병력이다.

그들의 목적지는 얼추 정해진 것 같다.

"급속도로 남하하는 걸 봐서는 정화자의 뒤를 칠 것 같은데."

"저희도 그렇게 분석 중입니다. 한데 이상한 첩보가 하나 있습니다."

강채아 씨는 한숨을 내쉬면서 말을 이어 갔다.

"정화자가 민간인 학살을 자제하고 있다는 소식입니다."

정화자는 여태까지 백정이라는 컨셉을 확실하게 지키고 있던 놈들이다.

녀석들이 휩쓸고 지나간 자리에는 오로지 죽음만 남아 있었다.

그런 야차 같은 놈들이 학살을 안 하고 있다고?

어쩌면 고대 신의 목적이 무엇인지 짐작을 하고 있는 것일지도 모른다.

테라의 말에 따르면 그 녀석은 회귀자일 가능성이 높으니까, 알고 있는 게 이상할 것도 없었다.

"녀석들도 따로 생각이 있는 거겠죠."

"변수들을 계산해 봤을 때, 빠르면 3일 내로 베이징 앞까지 도달할 수 있을 것 같습니다. 군 공항들을 점령한 덕분에 보급에 숨통도 트였구요."

제공권의 확보가 이렇게나 중요하다.

공중으로 보급이 가능해진 이상, 더는 보급 걱정은 할 필요가 없었다.

게다가 전쟁에 필요한 물자나, 구호에 필요한 물자는 미국에서도 지원이 들어오는 중이다.

최종 목적지까지 더 이상 장애물은 없었다.

"……마치 저쪽에서 우리를 베이징으로 초대하는 듯한 기분이 듭니다."

"대충 비슷합니다."

역시 감이 좋은 사람이다.

백명교는 우리를 위해 일부러 길을 비워 둔 것만 같다.

베이징에서 치러질 최종 결전.

현재 베이징의 상황은 전혀 알 수 없었다. 결국, 우리가 그곳에 도착해야만 모든 사태의 진상을 파악할 수 있겠지.

나는 한숨을 크게 내쉬었다.

"저항이 없다시피 한 상황이라도 방심해서는 안 된다고 전해 주세요."

"알겠습니다."

"베이징이 핵심입니다. 그 전까지 병력 손실은 줄일수록 좋습니다."

최대한 손실을 줄인 상태로 도착하는 것이 핵심이다.

지도를 다시 살펴보았다.

목적지인 베이징이 붉은색으로 표시되어 있었다.

저곳에서 어떤 일이 벌어질지는 나조차도 모른다. 한 가지 확실한 건, 우리는 지금껏 마주하지 못했던 최악의 위협에 놓이게 되리라는 것.

전 세계에서 고대 신에 대항하여 싸우고 있었으니, 나 역시 그들에게 좋은 소식을 들려줘야 했다.

"진군 속도를 조금 높입시다."

내 말에 강채아 씨는 순순히 고개를 끄덕였다.

"예, 알겠습니다."

"이레귤러들은 아끼지 말고 투입하세요. 그놈들이 몸으로 때우는 게 제일 나아요."

"이레귤러들을 적극적으로 투입하겠습니다. 조언 감사합니다."

아마 강채아 씨에게도 이번 전쟁은 좋은 경험이 될 것이다.

이레귤러를 네 명이나 동원할 수 있는 지휘관이 몇이나 되겠어?

시간을 단축시킬 수 있으면 아낌없이 쓰는 게 맞지 뭐.

쓴다고 닳는 것도 아닌데 말이야.

안 그래?

그로부터 2일 후.

베이징 경계로부터 북동쪽으로 20km 지점.

"다시는 너랑 같이 안 싸운다. 적어도 휴식은 하게 해 줘야 하는 거 아니야!"

"네 소원대로 박 터지게 싸웠잖아. 뭐가 불만이야?"

"정도란 게 있다. 2일 동안 고작 6시간 재우면서 싸우라는게 말이 돼?"

"부족을 통합한 위대한 대족장이라면 가능할 줄 알았지."

"이건 대족장이 아니라 대족장 할아버지가 와도 힘들어할 거다. 내 장담하지."

에이든은 잔뜩 화가 난 목소리로 나에게 불만을 토로하는 중이다.

대한민국 본대는 말도 안 되는 속도로 길을 뚫었다.

내가 이레귤러를 마음껏 사용하라고 하니까, 강채아 씨는 진짜 마음껏 사용했다.

그 결과가 바로 이거다.

비록 에이든이 지쳤지만…… 그 문제는 내가 해결해 줄 수 있었다.

샤르르릭.

내 손에서 뻗어 나간 신성력이 에이든의 몸에 깃들었다.

그러자 에이든의 얼굴이 눈에 띄게 나아졌다.

"피로가 씻겨 나간 기분이지?"

"다음부터는 네가 도와달라고 해도 안 도와줄 거다. 그것만 알아 둬. 적어도 술을 마시면서 휴식할 시간은 줘야 하는거 아니냐?"

"아, 그것 때문이었어? 전투하면서 좀 마시지."

"그렇지 않아도 챙겨 온 건 이미 다 마셨다. 다음부터는나를 부리려면 반드시 충분한 양의 술을 준비해 둬라."

피곤해서가 아니라, 술을 많이 마시지 못해서 그랬던 거구나.

이런 알코올중독자 야만인 같으니라고.

나는 미리 준비해 온 양주 하나를 녀석에게 던져 주었고,에이든은 웃으면서 양주를 낚아챘다.

"이번에는 봐주지."

"그래도 너랑 라파엘 덕분에 시간 많이 줄었다. 전쟁 끝나면 한턱 쏠게."

"크게 쏴야 할 거다."

에이든은 양주를 병째로 들이켰다. 그리고 대충 입가를닦아 낸 다음, 저 멀리 베이징의 하늘을 쳐다보며 말을 이어갔다.

"딱 봐도 재밌는 전장이 될 것 같다. 기대 이상이야."

"재밌는 전장?"

"싸우다가 죽을지도 모르는 곳이란 뜻이지. 그만큼 재밌는 게 또 어디 있을까?"

이놈도 결국 스릴 중독이다.

쿠우우웅.

그때, 주변을 정찰하고 있던 라파엘이 내 옆에 가볍게 착지했다.

그는 슈트의 헬멧을 해제하면서 말했다.

"강력한 차원 반응입니다. 탐지기가 모두 터졌습니다."

"터졌어요?"

"예. 내구도를 아득히 뛰어넘는 차원 반응이란 뜻이죠. 뭔지는 몰라도 베이징에서 차원과 관련된 일이 벌어진다는 소리입니다. 이거, 정말 설레는걸요. 잘하면 제가 돌아갈 수 있는 방법을 찾을지도 모르겠습니다."

나는 그 둘의 이야기를 들으면서 천천히 베이징 쪽을 바라보았다.

수십 갈래로 찢긴 하늘.

종지부를 찍기에는 더할 나위 없이 어울리는 곳이라는 생각이 들었다.

마음속으로 희뿌연 불안감이 스며들어 오는 듯했지만, 애써 그 불안감을 무시했다.

불안해할 필요는 없었다.

내가 할 일은 그저 리멘과 내 사람들을 믿고 나아가는 것

뿐이다.

보이는 것에 집중하자.

나는 다시 한번 크게 한숨을 뱉어 냈다.

에덴과 지구의 인생을 통틀어 가장 중요한 순간이 어느새 코앞까지 다가와 있었다.

❧

우리는 도착하자마자 가장 먼저 정화자들의 위치를 확인했다.

"정화자는 방어선을 돌파, 빠른 속도로 북진 중입니다."

"예상 도착 시간은요?"

"늦어도 7시간. 7시간 내에 이곳에 도착합니다."

"7시간이라……."

나는 저 멀리의 베이징을 바라보면서 고개를 가로저었다.

막대한 신성력이 느껴진다.

게다가 신성력보다 더 강하게 느껴지는 건 바로.

압도적인 〈격〉이 당신을 압박해 옵니다.

피부를 강하게 짓누르는 것만 같은 격의 차이.

고대 신들이 모여 있다는 것을 알려 주듯, 베이징에서는 숨 막힐 정도의 격이 뿜어져 나오고 있었다.

일반인들이라면…… 이미 죽었거나, 그들에게 복속되었을지도 모르겠다.

아마 우리 쪽 병력도 테라나 리멘의 가호가 없었다면 지금쯤 분열되고도 남았을 것 같다.

리멘 교단은 리멘이.

나머지 본대는 테라가.

두 여신이 우리를 보호해 주고 있는 덕분에 다들 제정신을 유지하고 있었다.

그 정도로 엄청난 격이었다.

-베이징 전체가 녀석들의 생추어리가 되어 버렸군.

-테라, 네가 한발만 빨랐어도 이런 일이 벌어졌을까?

-필연이야. 나 혼자서 저 녀석들을 어떻게 막아? 하여간에 교황, 내가 주신좌를 뺏기면 다 끝이라는 건 계속 명심하도록 해라.

"내 머릿속에서 둘이서 싸우지 좀 마. 테라, 리멘이 도와주러 온 건데, 좀 예의를 갖춰."

-이거 솔로는 억울해서 살겠나. 하여간에 나랑 리멘은 해야 할 일이 있어서 돕지는 못한다. 전쟁은 네 몫이야. 부탁한다,

교황.

―시우, 몸조심해야 해.

여신이 둘이나 내 행운을 빌어 주니 재수가 나쁠 리가 있
나.

나는 고개를 가볍게 끄덕인 다음, 다시 베이징을 바라보았
다.

도시 전체에 신성 결계가 생성되어 있었다.

거기에 격까지 더해진 신성 결계라, 단순한 화력만으로는
뚫기 힘들어 보였다.

게다가 이 정도로 가깝게 왔음에도 적들의 병력이 보이지
않는 게 기이하다.

일단 가능성은 몇 가지 있다.

저 도시를 둘러싸고 있는 신성 결계가 공간을 왜곡하고 있
다는 것.

외부에서 내부를 관측할 수 없게 만든다.

게다가 그 가설의 신빙성을 뒷받침해 주는 증거도 몇 개
있었다.

"차원 반응만 강력하게 관측되었을 뿐입니다. 광학 장비
를 통해서도 감지되는 건 없구요."

라파엘이 보유한 장비로도 베이징 내부를 살필 수가 없었
다.

즉, 베이징 내부는 완전히 미지의 공간이다.

예전에 몇 번 보았던 고대 신의 능력을 생각해 본다면……
아예 지구와 다른 공간으로 만들었을지도 모르겠다.

들어가는 방법을 생각하는 게 급선무다.

"아예 다른 세계가 펼쳐져 있을지도."

"차원 반응을 고려했을 때, 그럴듯한 이야기입니다."

"지금부터라도 방법을 강구해 보죠."

요하 방어선과는 비교도 할 수 없는 방어선이다.

오히려 저쪽이 까다롭다.

요하 때는 압도적인 파워로 밀어붙일 수 있었지만, 저건
힘으로 밀어붙인다고 되는 게 아니다.

그렇다고 해서 방법이 아예 없는 건 아닐 텐데…….

"교황님!"

띠리리리링-.

주머니 속에 넣어 두었던 스마트폰이 울렸다.

나는 곧바로 전화를 받았다.

저장하지 않았지만, 눈에 익숙한 번호.

"무명."

무명, 그 빌어먹을 놈의 전화번호란 걸 금세 떠올릴 수 있
었다.

일단 전화를 받았다. 그러자 전화기 너머에서 여유가 넘치
는 목소리가 들려왔다.

―저희보다 먼저 도착하신 걸 축하드립니다, 교황님.

"네 목소리 듣는 것도 역겨우니까 빠르게 용건만 말하고 꺼져."

―전쟁 중이라 많이 예민하신 것 같습니다. 아마 지금쯤 베이징을 둘러싼 결계와 마주하셨을 것 같군요. 그것 때문에 머리가 아프실 텐데, 제가 좀 도와드리려고 합니다.

"너희가 날 도와?"

지나가던 개가 박장대소하고 갈 일이다.

―일단은 오월동주라고 하지요. 저 안에 들어가고 싶은 건 매한가지 아니겠습니까? 목적이야 다르겠지만, 과정은 같으니까요. 아, 그리고 이건 설득하는 게 아닙니다.

전화기 너머의 무명은 작게 웃으면서 이야기를 이어 갔다.

―그 결계를 무너뜨리는 방법은 의외로 간단합니다. 서쪽의 성소, 동쪽의 성소. 그 두 곳을 무너뜨리면 됩니다. 이럴 줄 알고 제가 루시퍼 님을 먼저 선발대로 보내 뒀지요. 성소를 무너뜨리기 위해서는 격이 필요합니다.

회귀자일 가능성이 높은 놈이라서 저놈의 말이 옳을 가능성이 높다.

루시퍼.

정화자 측에 남아 있는 마지막 마왕이었고, 마왕 놈들도 격을 보유한 놈들이니까 말은 된다.

하지만 내가 저 녀석의 말을 어떻게 믿을 수 있을까?

"내가 너를 뭘 믿고……."

─하지만 루시퍼 님은 제게 격을 많이 빼앗기셨기 때문에 성소를 박살 내기엔 좀 부족한 감이 있지요. 그래서 제가 한 가지 장치를 해 두었습니다.

"……장치?"

이 정신 나간 놈이 도대체 뭘 준비했을지 감도 못 잡겠다.

그러나 나는 곧 이어진 녀석의 말에, 그저 경악할 수밖에 없었다.

─루시퍼 님에게 남은 격을 일시에 폭발시킬 겁니다. 마왕이나 되는 놈을 자폭시키는 거니, 성소 하나쯤은 박살 낼 수 있습니다. 그쪽에는 이레귤러가 넷이나 되니까…… 동쪽 성소는 부탁하도록 하지요. 지금쯤이면 라파엘 그 양반이 위치를 추적했지 싶은데요.

녀석이 성소에 대한 정보를 알려 준 순간, 라파엘이 눈살을 찌푸리면서 말했다.

"비정상적으로 차원 반응이 높은 지역이 두 곳 있기는 합니다."

"모르는 게 없는 놈이네. 그래, 무명 놈아, 그래서 루시퍼 놈을 자폭시키겠다고?"

─물론이지요. 흔적도 없이 자폭시켜 드리겠습니다. 그 정도면 교황님도 만족하시는 거 아닙니까?

"다시 한번 말하지만, 내가 네 말을 어떻게 믿─."

-지금 자폭시키겠습니다.

그때였다.

아아아아아아아아아아악-!

저 멀리서 끔찍한 비명 소리가 울려 퍼지더니, 곧 엄청난 에너지 파장이 우리가 있던 곳을 휩쓸었다.

마기가 섞여 있기는 했지만 그건 분명 격이었다.

폭발적으로 주변을 휩쓰는 격의 파도.

그리고 그 순간.

스ㅇㅇㅇㅇㅇㅇ.

베이징을 격리하고 있던 신성 결계가 약해지는 게 느껴졌다.

-보셨습니까?

"너, 설마 루시퍼를 남겨 뒀던 이유가 이거였냐?"

-마왕들은 아주 훌륭한 불쏘시개가 되어 주었습니다. 리멘 교단을 성장시키기도 했고…… 안 그렇습니까?

그래도 명색이 한 세계를 공포로 몰아넣었던 존재들이다.

그러나 그들은 이놈에게 있어서 그저 수단에 불과했다.

루시퍼는 마왕들 중에서 가장 높은 격을 지니고 있던 존재.

그런 존재의 최후라기에는 이건 너무나도 허무하지 않은가.

-자, 성역이 코앞입니다. 성역에서 뵙도록 하겠습니다.

통화는 그걸로 끝이었다.

무명은 일방적으로 전화를 끊었고, 난 다시 전화기를 주머니 속으로 집어넣었다.

"라파엘."

"예."

"차원 반응이 강하게 느껴졌던 곳, 그곳으로 곧장 갑시다."

"제가 안내하겠습니다. 에이든도 부를까요?"

"이번에는 자현이까지."

어차피 격이 없으면 타격을 줄 수 없다.

이레귤러급이 아니라면 어쩌지 못할 테니까, 딱 그들만 데려가기로 했다.

에이든의 투기와 자현이의 천마기에서는 격의 흔적이 느껴졌으니, 아마 그들로 충분할 것이다.

"빠르게 움직입시다."

지금부터는 시간이 생명이다.

그렇게 죽음의 치킨 런이 시작되었다.

⁂

이레귤러들을 전부 동원한 나는 곧장 동쪽의 성소로 향했다.

성소라고 해서 뭔가 신성한 분위기가 날 것 같지만, 사실 그딴 건 없었다.

지하 깊숙한 곳에 숨겨져 있던 시설.

그 시설에는 온통 검은색 점액질과 회색빛의 촉수로 가득했다.

"꼭 외계인 놈들 같구만."

에이든은 자신을 향해 달려들던 촉수를 도끼로 베어 내면서 침을 걸쭉하게 뱉었다.

"이딴 놈들이 지배하는 세계라면 볼 것도 없지."

"제 스승님을 모셔 왔으면 정말 좋아하셨을 것 같습니다."

"음?"

"제 스승님께서는 미지의 적을 상대하는 것을 즐기셨거든요."

자현이 역시 검을 아름답게 휘두르면서 얼굴 없는 괴물들을 잘라 내 갔다.

말이 성소지, 그냥 괴물 굴이나 다름없는 장소.

그래도 이레귤러들만 데려온 덕분에 어렵지 않게 성소의 중심에 도착할 수 있었다.

기괴한 유기물들로 뒤덮인 성소의 중심.

그곳에는 회색의 신성석이 자리 잡고 있었다.

거대한 수정처럼 빛나고 있는 돌에서는 엄청난 신성력과 함께 격까지 흘러나오는 중이었다.

이것이 결계의 중심인 건 틀림없었다.

나는 이레귤러들의 호위를 받으며 천천히 신성석 앞으로 접근했다.

그러자 귓가에 음산한 목소리가 울려 퍼졌다.

우리의 성역에 초대받지 않은 손님이 도착했구나. 너를 위해 준비해 둔 게 많다. 네가 이 문을 여는 순간, 다시는 예전으로 돌아갈 수 없을 것이다.

플루토의 목소리였다.

그가 나를 주시하고 있다.

신성석 너머로 그의 존재감이 미약하게나마 느껴졌다.

신성석 앞에 선 순간, '문'을 어떻게 여는지 본능적으로 깨달을 수 있었다.

이건 초대장이었다.

자격이 있는 자만이 열 수 있는 문.

신성석에 담겨 있는 신성력과 〈격〉을 흡수하면, 신성석은 기능을 정지할 것이다.

〈격〉을 흡수하는 능력은 이미 나에게 있다.

오직 나만이 열 수 있는 문.

이번에는 네가 침략자구나. 우리의 성역에 침범하는 자들

은 언제나 둘 중 하나였다. 우리의 일원이 되거나, 아니면 우리에게 소멸당하거나. 네가 어떤 최후를 맞이할지 진심으로 궁금하다.

나는 플루토의 목소리를 들으며 천천히 신성석 위에 손을 올렸다.

신성석은 마치 살아 있다는 듯이 에너지를 방출한다.

신성력, 적의, 격.

그 모든 것들이 꿈틀거리며 내 몸을 잠식하려고 한다.

하지만 이번에도 리멘의 가호가 나를 지켜 준다.

패시브 스킬 〈신성 보호 Lv. Max〉가 사이한 정신 조작을 방어해 냅니다.

리멘의 힘이 아니라면 그 무엇도 내 정신을 잠식할 수 없다.

우우우우웅.

내 회색빛 신성력이 그 신성석 안으로 스며든다.

그러자 잠시 후, 나의 신성력이 신성석을 빠르게 잠식하기 시작했다.

"곧 가. 기다려."

기대하마.

쩌저저적.

신성석에 조금씩 균열이 생긴다.

처음에는 작은 틈이었던 것이 빠르게 뻗어 나간다.

틈에서 뻗어 나간 균열이 마침내 신성석 전체로 퍼졌을 때.

쨍그랑-!

신성석이 산산조각 났다.

그리고 그와 동시에 '성소' 전체가 무너져 내리기 시작했다.

우리는 곧바로 성소 밖으로 뛰쳐나왔다. 탈출하는 방법은 간단했다. 우리가 깊숙이 뚫어 둔 구멍의 벽을 타고 탈출하면 끝이었다.

우리가 다시 지상으로 돌아왔을 때.

"······허."

"햐."

에이든과 자현이가 헛웃음을 내뱉으면서 눈앞에 펼쳐진 장관을 바라보았다.

신성 결계는 사라졌다.

그리고 드디어 베이징, 아니 한때 '베이징이었던 것'의 베일이 벗겨졌다.

도시 전체에 드리워진 회색빛 구름.

구름 위에는 신전처럼 보이는 건축물들이 자리 잡고 있었으며, 지상에는 무릎을 꿇고 기도를 올리는 민간인들이 보인다.

지극히 작위적인 분위기.

그 도시를 보고 있자니 절로 눈살이 찌푸려졌다.

모든 것이 오로지 고대 신을 숭배하기 위해서 존재하는 듯한 곳.

고대 신을 지키기 위해 무장하고 있는 시민들과 그 사이에 섞여 있는 얼굴 없는 괴물들까지.

이딴 게 성역이라?

"……지랄하고 있네."

성역이라는 이름으로 포장된 지옥이 마침내 우리에게 모습을 드러냈다.

❧

성역의 문이 열리자마자 전투가 벌어질 것이라는 우리의 예상은 보기 좋게 빗나가고 말았다.

"기다리고 있었습니다."

성역 안으로 발을 내디딘 우리에게 여덟 장의 날개를 지닌 '천사'들이 다가왔다.

천사는 총 다섯 마리.

눈을 가늘게 뜨면서 녀석들의 전투력을 파악했다.

하지만 위험해 보이는 녀석은 없었다. 신성력을 지니고 있는 놈들이었으나, 전혀 위협적이지가 않았다.

아마도 전령의 역할을 수행하는 듯한 녀석들.

나는 너클을 가볍게 만지작거리면서 고개를 끄덕였다.

"너희는…… 인간 출신이네?"

"그렇습니다. 위대한 분들의 간택을 받아, 그분들의 말을 전하는 영광스러운 임무를 부여받았습니다."

"이름은?"

"아직까지 없습니다."

나는 내 앞에서 부드럽게 미소를 짓고 있는 중국인을 바라보면서 씁쓸한 기분을 느낄 수밖에 없었다.

예상했던 대로다.

이 거대한 도시 전체가 고대 신의 영역으로 넘어갔다.

이 '천사'만 봐도 그렇다.

동양인의 얼굴을 하고 있는 천사.

틀림없이 베이징에 살던 이들을 이런 형태로 만들어 버린 것이다.

"싸우는 건 현명한 선택이 아니라는 것을 전달해 달라 하셨습니다."

"아까까지는 직접 말을 걸었는데 말이지?"

"위대한 분들의 회합이 시작되었습니다. 말을 제가 대신 전하는 점, 사죄드립니다."

그녀는 허리를 숙이며 공손하게 인사를 했다.

나는 그 웃기는 꼴을 바라보며 실소를 금치 못했다. 그리고 그건 내 뒤에서 도시를 둘러보고 있던 에이든도 마찬가지였던 듯싶다.

"관광이라도 시켜 줄 생각인가?"

그러자 '천사'는 웃으면서 고개를 끄덕였다.

"최선을 다해 여러분들을 모시라는 명령을 받았습니다. 원하신다면 성역을 안내해 드리도록 하겠습니다. 보시다시피 이곳의 모든 이들은 새로운 질서를 받아들였습니다. 불행한 이들이 한 명도 없는, 바람직한 세계 아니겠습니까?"

이 작위적인 도시는 보는 것만으로도 소름이 끼칠 정도다.

모두가 미소를 머금은 도시였다.

우리를 막기 위해서 준비되어 있는 병력은 하나같이 웃으면서 무기를 쥐고 있었다.

"우리는 위대한 분들께서 만들어 내신 질서 속에서 행복합니다. 이 세계에는 분쟁이란 없습니다. 모두가 하나가 되어 큰 뜻을 향해 나아갑니다."

"짐승 우리 속에 갇혀 사는 게 행복이란 말이지? 개돼지나 다를 바 없군그래. 자유의지도 없이, 이렇게 사는 게 도대체 무슨 의미가 있나?"

에이든의 비웃음에 천사는 표정 하나 바뀌지 않은 채로 에이든을 바라보았다.

"영광의 대족장, 에이든 님. 위대한 분들께서는 당신에 대해 관심이 많으십니다. 지구를 대표하는 영웅이라고 칭하셨지요. 당신이 헤쳐 온 세계에 비해서는 참으로 행복한 곳이 아닙니까?"

"이딴 게?"

"적어도 이곳에서는 어린아이들이 죽어 나가진 않습니다. 하지만 당신의 세계는 어땠습니까? 어린아이, 여자 가릴 것 없는 학살극이 이어졌었지요. 당신도 내심 괴롭지 않았습니까?"

"크하하하!"

그 말에 에이든은 큰 소리를 내어 웃었다.

그러더니 곧 천사의 멱살을 잡아 들어 올렸다.

"인간이란 원래 그렇게 불완전한 존재다. 너희가 아무리 지껄여 봤자, 너희가 하는 짓은 인간을 그저 가축으로 취급하는 것에 불과해. 나는 가축이 되지 않는다. 차라리 죽더라도 인간으로 죽을 거야. 궤변으로 날 설득할 생각은 미리 접어 둬라."

"유감이군요. 당신 같은 똑똑한 인간이라면 쉽게 이해해 줄 것이라 생각했습니다. 하면…… 라파엘, 당신은 어떻습니까?"

"음, 야만인에게 안 통하니 이번에는 지성인을 설득하려는 겁니까?"

라파엘은 웃으면서 천사의 말을 기다렸다.

"우리에게 조금만 협조를 해 준다면, 당신을 당신이 있어야 하는 자리로 돌려보내 주겠습니다."

라파엘이 나에게 협력하는 이유는 하나뿐이다.

자신의 세계로 돌아가기 위해서.

그곳에 두고 온 가족들을 다시 만나고, 마침내 복수를 완성하기 위해서.

만약 저쪽에서 그 소원을 들어주겠다고 하면 어떨까?

솔직히 말해서 라파엘을 붙잡을 자신은 없었다.

"회합이 성공적으로 끝나고, 새로운 주신께서 당신을 도울 것입니다. 주신좌의 힘이라면 차원의 문을 여는 건 일도 아닐 테지요."

"꽤 먹음직스러운 제안이로군요. 내가 무엇을 하면 되겠습니까?"

"새로운 질서를 무너뜨리는 자들과 싸워 주시면 됩니다."

"그것참, 재밌는 거래 조건입니다. 그런데 한 가지만 묻겠습니다. 내가 뭘 보고 당신들을 믿습니까? 나는 신앙이 없는 사람이라, 눈에 보이지 않으면 믿지 않습니다."

라파엘은 웃으면서 나를 바라보았다. 그리고 어깨를 으쓱였다.

"매력적인 제안은 감사합니다만, 이미 교황님과 거래 중이기 때문에 받아들이기 힘들 것 같습니다. 양다리의 대가

우리 교황님 좀
말려 주세요

는 죽음이거든요. 그리고 저는 교황님을 막을 자신이 없습니다."

라파엘의 대답에 천사는 여전히 웃으면서 고개를 끄덕였다.

"안타깝군요."

천사의 태도에 기분이 나쁜 사람이 한 명 있었다.

그것은 바로 자현이었다.

"나한테는 왜 안 물어보냐?"

자현이는 검을 휘적거리면서 불만을 표시했다.

다른 이레귤러들은 설득하려고 했던 천사가 자신에게만은 말을 걸지 않아 섭섭했던 모양이다.

자현이의 질문에 천사는 화사하게 웃으면서 말했다.

"저희 편에서 싸워 줄 생각이 있으신 겁니까?"

그러자 자현이가 기다렸다는 듯이 가운뎃손가락을 들었다.

"이거나 처먹어."

"그렇군요."

그렇게 해서 천사의 이레귤러 포섭 작전은 실패로 돌아갔다.

그럼에도 그녀는 여유를 잃지 않았다.

"어쩔 수 없지요. 질서를 받아들이지 않는 이들에게는 참혹한 미래가 기다리고 있을 뿐입니다."

천사는 가볍게 손을 휘둘렀다.

그러자 사방에서 신성력이 쏟아져 내리기 시작했다.

"김시우 교황, 당신은 한 명의 신격으로서 회합에 참석할 자격을 지니고 있습니다. 원한다면 언제든지 회합에 참석할 수 있습니다. 어떻게 하시겠습니까?"

그때였다.

귓가에 테라와 리멘의 목소리가 울려 퍼졌다.

―제안을 받아들여.

―우리가 지켜 줄게.

여신들이 나를 사지로 몰아넣을 이유는 없었다.

나는 그녀들의 목소리를 들으며 넌지시 천사에게 물었다.

"나를 제외한 나머지는?"

"성역을 둘러보시든가, 아니면 원래 있던 곳으로 되돌아가시든가 선택하시면 됩니다. 여러분들이 성역을 공격하지만 않는다면, 저희도 당장 싸울 생각은 없습니다."

요컨대 먼저 때리지만 않으면 싸우지는 않겠다…… 이건데.

나는 빠르게 결정을 내렸다.

"저 혼자서 다녀올 테니까 다들 뒤로 빠져 계시죠."

그러자 에이든이 미간을 찌푸리면서 말했다.

"혼자서 괜찮겠어? 저놈들이 뭔 짓을 저지를 줄 알고."

"여신님들께서 괜찮다고 하시니까, 어떻게든 되겠지. 전력은 대강 파악했으니까, 미리 가서 전략이라도 세우고 있어."

내 말에 동료들은 못 미더운 표정을 지었으나 순순히 따라 주었다.

에이든은 도끼를 어깨에 올려 둔 채로 말했다.

"네가 3시간 내로 돌아오지 않는다면, 이 도시를 싸그리 박살 내 주마."

"든든하네."

"복수는 해 줘야 편히 눈감지 않겠어?"

"……나 아직 안 죽었는데."

그렇게 해서 상황 정리는 끝.

동료들에게 이것저것을 당부한 나는 다시 천사를 바라보며 말했다.

"회합에 참석하는 방법은?"

그러자 천사는 빙긋 웃으면서 손을 휘둘렀다.

사르르륵.

그러자 허공에 구름으로 만들어진 계단이 생겨났다.

그 계단은 도시의 가장 높은 곳에 드리워진 구름까지 이어져 있었다.

회합이라.

……쫄지는 말자.

어떻게든 되겠지.

⚜

계단을 올라 마침내 구름 위로 올라섰다.

신성력으로 충만한 곳.

올라서자마자 신격들이 내뿜는 엄청난 격이 사방에서 감지되기 시작했다.

그리고 그곳에는.

"보호자는 꼭 있어야지."

"혼자 사지로는 안 보내."

현신한 테라와 리멘이 미리 와서 나를 기다리고 있었다.

두 여신은 나에게 다가와서 손을 잡았다.

오른손은 리멘이.

왼손은 테라가.

두 여신의 신성력과 격은 보호막처럼 나를 보호하기 시작했다.

덕분에 많이 힘들지는 않았다.

만약 둘이 없었다면…… 다른 신격들의 격에 압도당했을지도 모를 일이다.

"구름 위의 신전이라. 그리스 로마 신화 같은 곳에서나 볼 법한 풍경이네."

나는 주위를 잠시 둘러보면서 중얼거렸다.

그러자 테라가 어깨를 으쓱였다.

"상상력이 빈곤한 거지 뭐. 욕심 가득한 놈들이 애써 신성해 보이고 싶어서 발악을 하는 거랄까? 그냥 그렇게 생각하려무나."

"테라, 베이징이……."

"이미 늦었어. 구하고 싶은 마음은 알겠지만, 이미 영혼을 빼앗긴 자들이야."

그들을 구제할 수 없는 모양이다.

나는 한숨을 푹 내쉬면서 앞으로 걸어갔다. 그러자 오른손을 잡고 있던 리멘이 부드럽게 속삭였다.

"긴장하지 마, 시우. 우리가 있는 이상 저들은 너를 함부로 할 수 없어."

"상황이 이런데 긴장을 안 할 수가 있을까?"

사실상 적의 아가리로 들어온 셈이다.

녀석들이 아가리를 닫아 버리는 순간, 나는 곤죽이 되어 죽을 게 뻔하다.

확실히 어마어마한 수준의 격이었다.

"귀하신 분께서 초대장을 받아 주셨군그래."

얼마나 시간이 지났을까?

신전 안쪽에서 익숙한 얼굴의 신격이 한 명 걸어 나왔다.

전신에서 어두운 신성력을 흩뿌리는 존재.

바로 플루토였다.

플루토는 나를 향해 두 팔을 벌리면서 말했다.

"아무래도 목소리를 주고받는 것보다는 이쪽이 훨씬 낫지 싶어. 우리 교황님께서 보호자 두 분과 함께 이곳에 오셨으니…… 일단은 절반의 성공은 거둔 셈인가? 곧 유폐될 주신과 이계의 주신의 조합이라! 제법 잘 어울려."

플루토가 히죽거릴 때, 리멘의 입에서 예상치도 못한 욕설이 튀어나왔다.

"허여멀건한 새끼가 어딜 자꾸 말을 붙여? 나에게 말을 걸거면 최소 주신좌에 앉고나 해라, 이 잡신아."

"리멘, 우리는 당신에게 이미 몇 번의 기회를 주었다. 당신의 그 조그마한 세계로 돌아갈 기회를 말이지. 하지만 거절한 건 당신이다. 약속 하나 하지. 주신좌에 앉자마자 너를 취해 주마."

그 말에 테라가 피식 웃으면서 말했다.

"탐욕스러운 다른 형제들이 너를 주신좌에 앉혀 준대?"

그러자 플루토가 큰 소리로 웃었다.

그는 곧 손으로 자신의 턱을 쓰다듬으면서 말했다.

"그리될 것이다."

"내 귀엔 아무것도 정해지지 않았다는 소리로 들리는데?"

"힘으로 억누르면 그만. 아직 다른 형제들은 힘을 온전히 회복하지 못했지. 그에 반해 나는 예전의 힘을 모두 되찾았다. 멍청한 인간들이 벌여 준 전쟁 덕분이다. 나는 수많은 죽음으로부터 힘을 얻는다. 테라, 누구보다 네가 잘 알고 있지 않느냐?"

플루토는 천천히 나를 향해 걸어오면서 말을 이어 갔다.

"합일을 위한 영혼을 모으는 것과 동시에 내 힘도 함께 강해진다. 인간들은 이걸 보고 일석이조라고 하지 않던가?"

나는 녀석의 말에 심드렁한 목소리로 답했다.

"혹시 누구 물어본 사람?"

"……뭐?"

"우리는 그런 걸 보고 보통 설명충이라고 한단다."

내 심드렁한 말에 플루토는 크게 웃음을 터뜨렸다.

"역시 재밌는 놈이구나. 여신 둘이 너를 보호해 준다고 해서 겁이라도 상실한 거냐? 그래, 뭐 지금은 손님이니 그 무례를 용서해 주마."

그는 가볍게 박수를 쳤다.

잠시 후, 사방에서 격을 지닌 존재들이 모습을 드러내기 시작했다.

수많은 세계로 뿔뿔이 흩어졌던 놈들.

추잡한 욕망으로 억겁의 세월을 견뎌 내고, 마침내 다시 이 세계로 돌아온 추방자들.

그들 중에는 플루토처럼 인간의 형상을 유지하고 있는 이들도 있었으나, 대부분이 끔찍한 괴물의 형상을 지니고 있었다.

하지만 그들 모두가 저마다 높은 격을 지니고 있는 신격이란 점은 똑같았다.

"시우."

리멘은 내 오른손을 부드럽게 쓰다듬으면서 말했다.

"저 일그러진 이들을 꼭 눈에 담아 둬. 욕망에 뒤틀린 신격들의 말로가 어떤 건지, 똑똑히 기억해야만 해."

"……리멘."

저 많은 신격들을 어떻게 해야 처리할 수 있을까?

내 눈으로 직접 적들을 마주하니, 머릿속이 복잡해지려고 한다.

나는 지금 내가 이 긴 이야기의 종장에 들어섰다는 것을 깨달았다.

결국, 이 이야기는 어떤 결말을 맞이하게 될까?

"시우."

다시 한번 리멘이 나를 부른다.

나는 천천히 고개를 돌려 그녀를 바라보았다.

그녀는 나를 향해 그 어느 때보다 환하게 미소를 짓는다.

"마지막까지 내 손을 놓지 마. 그것만, 딱 그것만 기억하는 거야."

클라이맥스로

'회합'이 시작된 지 15분쯤이나 지났을까?

나는 어째서 리멘과 테라가 내 손을 꽉 잡고 있는지를 깨달았다.

그녀들은 나를 지키기 위해서 잡았던 게 아니다.

그녀들이 내 손을 잡았던 건.

—우리의 질서를 받아들이지 않는 필멸자들에게는 오로지 죽음뿐이다. 우리를 받아들이지 않는다면, 그들을 죽여 영혼을 흡수하는 게 옳다.

—대륙을 새로 만드는 것도 중요하다.

—다른 차원의 종복들을 데려와 새로운 생태계를 만드는 건

어떤가?

—인간의 고기를 좋아하는 종복들이 꽤 있다. 그런 의미에서 인간들 중 일부는 살려 두는 것이 좋아 보이는군.

—지구의 인간들은 아주 오랜 세월을 포식자로서 살아왔다. 꽤 재밌는 그림이 그려지겠군.

나를 막기 위해서였다.

나는 내 앞에서 개소리를 지껄이는 놈들을 바라보면서 이를 부드득 갈았다.

인간의 자리는 그 어디에도 없었다.

녀석들은 벌써부터 지구를 점령한 듯, 새로운 질서를 논하고 있었다.

대륙을 다시 만들고, 생태계도 손보겠다는 오만한 발언들.

욕망으로 비틀렸고, 그 욕망으로 인해 쫓겨난 존재들이 지구의 운명을 논한다.

"참아라, 시우. 아직은 때가 아니다."

테라는 나지막한 목소리로 내 귓가에 속삭였다.

"녀석들의 영혼은 아직 완전하지 않아. 이 자리에서 저 녀석들을 소멸시킨다 하더라도, 편린이 남아 있는 이상 무의미하다. 너도 이미 일전에 경험하지 않았어? 마왕들 말이야."

"완벽한 소멸을 위해서 내가 참아야 한다?"

"그래. 나라고는 저 병신 머저리들을 내버려 두고 싶겠니?

한주먹거리도 안 되는 놈들이, 감히 내 영역을 넘보고 있어. 나도 너만큼이나 화가 치밀어 오른다.”

저들은 분명한 악이었다.

신격의 탈을 뒤집어쓰고 있었음에도 불구하고, 나와 같은 ‘격’을 지닌 존재임에도 불구하고.

목구멍 너머에서 구역질이 치밀어 오를 정도로 역겨운 새끼들이다.

나는 천천히 이 신전에 모여 있던 신격들을 둘러보았다.

리멘과 테라를 뛰어넘는 격을 지닌 이들은 그 어디에도 없었다.

기껏해야 플루토 정도만 리멘과 테라를 상대할 수 있을 것처럼 보였다.

그럼에도 이 두 여신이 가만히 있는 이유는 간단했다.

이 둘은 저들 모두를 완벽하게 무너뜨리기를 바란다.

불씨조차 남기지 않게, 아주 완벽하게.

“김시우.”

회합이 이루어지는 도중, 플루토는 나를 바라보면서 넌지시 말했다.

“이곳의 신격들을 대표하여 너에게 제의를 하나 하도록 하지. 꽤 그럴듯한 제안이니 숙고해 주길 바란다.”

도대체 무슨 개소리를 지껄이려는 걸까?

해 볼 테면 해 보라는 뜻에서 고개를 살짝 끄덕였다. 그러자 플루토가 기다렸다는 듯이 이야기를 시작했다.

"비록 네가 다른 차원을 관장하는 주신의 하위신이긴 하나, 그 결속만 해제한다면 온전한 지구의 신격이 될 수 있다."

"리멘을 버리라는 거지?"

"만약 네가 지구의 신격으로 남겠다고 한다면, 우리는 너를 위해 기꺼이 배려를 해 줄 수 있다. 신격들은 저마다 자신을 따르는 이들을 거둘 수 있는 성지를 부여받게 된다. 네가 이곳에서 쌓아 올린 영웅적인 업적들을 존중하는 의미에서, 인간들이 동북아시아라고 부르는 곳 전체를 성역으로 주마. 물론, 이곳 베이징을 포함해서 말이다."

앞서 천사가 내 친구들을 회유하려 했던 것과 비슷한 레퍼토리.

플루토는 내 앞으로 다가와서 황금 잔과 투명한 유리병을 소환했다.

또르르륵.

그는 잔에 유리병에 담겨 있던 황금빛의 액체를 따랐다.

달콤한 냄새를 풍기는 음료.

"옛날에 인간들이 넥타르라고 불렀던 음료다. 이 잔을 마시면, 너는 완전한 지구의 신격이 될 수 있지. 기회는 지금뿐이다. 너를 따르는 이들을 지키고 싶다면, 아주 좋은 기회가 아닌가?"

"좋은 기회?"

"너만의 성역에서는 네가 추구하는 질서가 유일한 질서가 된다. 인간들의 표현을 따르자면…… 그래, 자치권이라고 생각하면 되겠군."

"자치령으로서 너희의 편에 서라?"

"우리가 하는 일을 방해만 하지 않는다면, 보호를 약속해 주마."

마치 정복자가 내려 주는 자비인 양 말하는 플루토.

즉, 내가 리멘을 버리면 나머지 이들의 안전을 보장해 주겠다는 말이다.

하지만 저 말에 담긴 뜻을 간단하게 축약하자면 다음과 같다.

"다 포기하고 너희 밑으로 들어와라. 그럼 최소한의 안전은 보장해 주겠다, 이 말이잖아."

"그래. 너는 그 누구보다 네 사람들을 소중히 여기지 않느냐? 네 사람들을 지키기 위해서는 충분히 감내할 만한 조건 아닌가? 내 딴에는 네 체면을 많이 살려 준 거다."

"허."

나는 피식 웃으면서 테라와 맞잡은 손을 살짝 놓았다.

리멘이 자기 손을 놓지 말라고 했으니, 방법은 이뿐이다.

테라와 맞잡았던 왼손으로 녀석이 내준 '넥타르'를 집어 들었다.

그리고 그 잔 속의 액체를 내려다보며 고개를 끄덕였다.

"동북아시아는 주겠다?"

"우리가 만들어 낼 세계에 비하면 극히 일부분일 뿐이다. 네가 원하는 게 바로 그것 아니었나?"

"신격이라는 새끼가 그렇게 머리가 안 돌아가면 안 되지."

잔을 들어 녀석의 머리 위로 올렸다.

그리고 그다음.

주르르륵.

그대로 넥타르를 녀석의 머리 위에 쏟아 버렸다.

황금빛의 액체가 녀석의 흑발을 타고 떨어진다.

모욕적인 순간임에 틀림없었으나, 플루토는 이 상황이 재밌다는 듯이 크게 웃어 젖혔다.

"하하하하하! 그렇게 나와야지."

"지옥에나 떨어져. 아니, 널 위한 지옥이 있을까?"

"지구에서 내가 관리했던 지역을 지옥이라고들 불렀지. 지옥은 원래부터 날 위한 곳이었다."

"나르시즘이 너무나도 강한 놈이네."

나는 손에 쥐고 있던 잔을 옆으로 던졌다.

그러자 검은색 점액질에 뒤덮여 꾸물거리던 신격 한 놈이 그 잔에 맞았다.

감히 천한 인간이-.

이름 모를 그 신격이 점액질을 꿈틀거리면서 화를 내려 했지만, 나는 가볍게 격을 끌어올려서 녀석을 짓눌렀다.

"뷔페가 차려져 있는데 그냥 가기도 좀 뭐해. 가기 전에 몇 놈 잡아먹어도 되냐?"

그러자 플루토가 고개를 가로저었다.

"오랜만에 만난 형제들끼리 해후를 나눌 시간은 주는 게 어떻겠나? 그래서…… 내 제안을 거절할 생각인가 보군."

"내가 우리 여신님과 약속을 했어."

"그것참, 유감이군. 아직 인간에서 벗어난 지 얼마 안 돼서 그런가? 큰 물결을 보지 못하는구나."

나는 나를 향해 안타깝다는 듯이 한숨을 내쉬는 플루토를 향해 가운뎃손가락을 올려 주었다.

그리고 한껏 비웃음을 담아서 말해 줬다.

"난 여전히 인간이다."

"누가 그걸 믿겠나? 넌 이미 신격이다."

"내가 그렇다면 그런 거지."

누가 뭐라 해도 나는 인간이다. 그냥, 인간들 중에서 좀 특이한 놈일 뿐이지.

내 사람들을 지키기 위해 이 녀석들과 손을 잡는다?

그건 그저 내 사람들을 이 녀석들의 관상용 금붕어로 바치는 꼴이다.

그제야 나는 테라와 리멘이 나를 왜 이곳으로 들였는지 알 것 같았다.

신격들이 모였다고 해서, 가능성이 없는 게 아니다.

오히려 저놈들 중에서는 나에게 잡아먹힐 만한 놈들도 적지 않아 보였다.

"협상은 결렬이다."

"아쉽게 되었어. 네가 우리 편에 섰다면…… 더욱 완벽한 질서를 만들 수 있었을 텐데."

플루토는 고개를 천천히 가로젓더니, 곧 자신의 뒤에 서 있던 천사들을 향해 말했다.

"손님들 돌아가신다. 밖까지 조심히 모셔다드리도록."

"알겠습니다, 죽음의 아버지시여."

천사들은 나와 두 여신 앞에 멈춰 서서 정중하게 허리를 숙였다.

"밖으로 모시겠습니다."

이곳에서 나가기 전, 나는 플루토을 바라보며 작게 속삭였다.

"금방 돌아올 테니까 조금만 기다려라."

"얼마든지. 유희를 즐길 수 있게 해 주려무나. 너와 네 두 보모의 영혼은 새로운 세상을 위한 최고의 선물이 되어 줄 것이다."

반드시 이곳에 돌아올 것이다.

비틀린 신성함으로 가득 찬 이곳을 불로 태우면 제법 괜찮

우리 교황님 좀
말려 주세요

은 장면이 연출될 거라는 생각이 들었다.

그렇게 나는 그곳에서 쫓겨났다.

⚜

"용케 살아 돌아왔어? 당장 쳐들어갈 준비를 하고 있었는데, 아쉽게 되었군."

대한민국 본대의 천막으로 돌아온 나를 가장 먼저 반겨 준 건 술을 마시고 있던 에이든이었다.

"좀 쉬고 있지 그랬냐."

나는 천막 안의 의자에 털썩 앉으면서 에이든에게 말했다.

그러자 에이든이 고개를 가로저었다.

"잠은 이미 충분히 잤다."

"내가 너랑 헤어진 지 몇 시간이나 지났지?"

"6시간. 정화자의 본대도 베이징 근처에 도착했다. 전투를 준비 중이라더군. 자, 봐라."

에이든은 자신의 옆에서 날아다니고 있던 드론 하나를 잡아서 나에게 건네주었다.

라파엘의 드론.

그 와중에 라파엘이 새로운 드론을 생산해서 정찰을 돌렸던 모양이다.

우우우웅.

드론에 내장되어 있던 홀로그램 장치에서 빠르게 영상이 출력되기 시작한다.

영상 속에는 마수, 마족 들을 비롯한 정화자의 군대가 보였다.

"상급 마수들과 망자의 군대라."

무명 그놈이 꽤 신경을 쓴 모양인지, 에덴에서도 쉽게 찾아볼 수 없었던 최정예 언데드들과 마수, 마족 들이 한곳에 모여 있었다.

저 군대는 하루아침에 만들어 낼 수 없다. 즉, 무명 놈이 지금까지 이 어마어마한 군대를 서부 지대에 숨겨 뒀다는 의미기도 했다.

"라파엘이 정화자 본대와 대한민국 본대가 붙었을 때를 가정한 시뮬레이션 결과도 제공했다."

"결과는?"

"이레귤러를 제외한 전력을 비교했을 때, 대한민국 본대의 완패다. 저것들은 재앙이라고 부르기에 충분하다. 무명, 그 자식이 아주 오래전부터 이 상황을 준비했다는 건 틀림없다."

에이든의 전략가적인 기질은 굉장히 뛰어나다.

수차례의 대회전을 경험하면서 쌓아 온 경험과 지식은 무시할 수 없었다.

그런데 뭐…… 딱 봐도 끔찍한 군대다.

전력 비교가 큰 의미가 없다고 해야 하나?

"성역을 침범하기에는 충분하겠어."

"적의 주 전력은 어땠지? 그 신격이라는 놈들 말이야."

"몇몇은 정말 위험하긴 한데, 신격 모두가 위협적인 건 아니었어."

여기까지 와서 승산을 따지진 않기로 했다.

어차피 퇴로란 없었다.

만약 저 녀석들이 이곳에서 목적을 달성한다면, 그것대로 끝이다.

"여신님들께서 뭘 준비하고 계신지가 중요하겠는데……
혹시 이야기를 들은 거 있나?"

"아니."

"그것참."

에이든은 술병에 남아 있던 술을 남김없이 비웠다. 그리고 병을 가루로 만들어 버리면서 말했다.

"여기서부터는 정말 신앙의 영역이군. 어쩔 수 없지, 나도 여신님들을 믿는 수밖에."

"너, 무신론자라면서."

"어쩌겠어? 방법이 그것밖에 없는걸."

테라와 리멘은 믿는 구석이 있는 눈치였다.

그녀들은 아주 오래전부터 이 상황을 준비해 왔을 테니, 분명 방법은 있을 것이다.

하지만 자꾸만 알 수 없는 불안감이 고개를 든다. 내가 할
수 있는 건 고개를 가로저어 그 불안감을 떨쳐 내는 것뿐이
었다.

　단순하게 생각하자.

　내가 해야 할 일은 저 성역을 뚫고 들어가는 거다.

　테라는 나를 이곳에 데려다주면서 성역을 무너뜨릴 방법
을 알려 주었다.

　―성역 곳곳에 설치되어 있는 신전 모두를 무너뜨리면 돼.
간단하지? 녀석들이 새로운 주신을 추대하기까지 걸리는 시
간은 지구의 시간으로 3일이야. 3일 안에 모든 신전을 무너
뜨려 줘. 모든 신전이 무너지면, 그 이후부터는 나와 리멘이
해결할 거야.

　우리는 여신들에게 틈을 만들어 주면 된다.

　아까 전에 보았던 성역의 병력을 생각해 봤을 때, 그 틈을
만들어 주는 것조차 힘들어 보이긴 한다만…….

　"언제 우리가 유리한 전쟁을 했다고."

　그래도 여기까지 뚫고 들어오는 데 병력 손실이 크지 않았
다는 게 다행이다.

　나는 크게 숨을 들이쉬면서 천막 밖으로 펼쳐진 성역의 경
계를 주시했다.

그렇게 얼마나 시간이 흘렀을까?

−교황님.

귓가에 라파엘의 목소리가 울려 퍼졌고, 곧이어 한 가지 소식이 들어왔다.

−정화자가 성역을 침범하기 시작했습니다.

최후의 전투가 시작되었다는 소식이었다.

나는 눈을 살며시 감으면서 말했다.

"우리도 이제 움직입시다."

❊

병력이 사열한 현장.

나는 병력을 둘러보며 말했다.

"이번 전투는 여태껏 해 온 전투와 다릅니다."

지금까지 우리가 베이징까지 뚫고 들어오면서 경험했던 전장과는 분위기부터가 달랐다.

이곳의 분위기는 한마디로 정리할 수 있었다.

총력전.

이미 베이징은 도시 전체가 고대 신에게 세뇌당한 상태나 마찬가지였다.

그들은 총력을 다해서 우리에 맞설 것이다.

지금까지는 대부분의 도시에서 우리를 해방군으로 맞이해

주었으나, 이제는 다르다.

"저들은 숨이 끊어질 때까지 맞서 싸울 겁니다."

이미 저들의 머릿속 깊은 곳까지 지배하고 있는 '신앙'은 독처럼 작용한다.

주입된 신앙은 그 자체만으로도 이미 죄악이다.

악마가 신의 형상을 흉내 내고 있는 것이나 다를 바 없었다.

순수한 믿음으로부터 피어오르지 않은 신성력은 마기와 다르게 뭘까?

오히려 더 악랄하다.

마기는 개인의 욕망이 형체화된 기운이지만, 저들의 신성력은…… 그저 누군가 주입한 허상에 불과하다.

하지만 그들을 꿈에서 깨울 수는 없다.

"중국 정부는 이미 저들에게 완전히 세뇌되었습니다."

순 리의 행방은 찾을 수가 없었다.

이레귤러나 되는 녀석이었으니, 아마 스스로 저들의 밑으로 기어 들어갔을 가능성이 높았다.

그 대가로 엄청난 힘을 부여받았겠지.

"저곳은 우리가 알던 베이징이 아닙니다. 이미 베이징에서 아득히 벗어난, 새로운 차원이라고 생각하세요."

베이징의 경계를 넘으면 더 이상 지구가 아니다.

차라리 다른 차원이라고 생각하는 게 더 편했다.

우리 교행님 좀
말려 주세요

게이트 너머.

그래, 그렇게 생각하는게 맞겠지.

나는 우리의 병력을 향해서 가장 중요한 이야기를 해 주었다.

"오늘은 한 가지만 기억하셔야 합니다."

참혹한 전장에서 기억해 내야 할 단 한 가지 진리.

"죽이지 못하면 죽습니다. 하지만 저는 여러분들의 선택을 존중하겠습니다. 적을 죽이지 않고 제압할 수 있다면, 그리하십시오."

강제로 세뇌당한 이들에게 도대체 무슨 잘못이 있을까?

그때, 본대 쪽에 서 있던 진영이 형이 손을 들며 물었다.

"……상대가 어린아이라면, 어떻게 해야 합니까?"

어린아이들을 이용할 것이라는 건 안 봐도 뻔하다.

고대 신들에게 있어서 어린아이들은 그저 어린 인간일 뿐, 보호의 대상이 아니었으니까.

하지만 불행 중 다행으로.

"어린아이 대부분이 이번 전투에서 제외될 겁니다."

어린아이들은 전투에 참여하지 않을 거다.

그건 녀석들이 어린아이들을 생각해 주기 때문이 아니다.

그저.

"어린아이들은 가장 순수한 형태의 영혼을 지니고 있습니다. 즉, 힘으로 환산했을 때 가장 효율적인 영혼들이죠. 저들의 의식이 끝나면, 어린아이들을 제물로 바칠 겁니다. 그리고 그 안에서……."

새로운 주신좌가 탄생하겠지.

나는 뒷말을 삼켰다.

구태여 우리 병력의 사기를 떨어트릴 필요가 없었다.

콰우우우우─.

끼에에에에에에엑!

저 멀리서 마수들의 괴성이 울려 퍼지기 시작한다.

차가운 냉기 숨결과 산성 숨결을 내뿜는 본 드래곤들부터 시작해서, 마수 군단의 대표 비행종이라고 할 수 있는 와이번, 거기에 가고일들까지.

하늘을 검게 물들일 정도로 많은 괴물이 성역을 향해 날아들기 시작했다.

나는 녀석들의 어마어마한 물량을 바라보면서 천천히 고개를 끄덕였다.

"정화자의 병력 역시 우릴 적대할 겁니다. 따라서 전투 도중에 정화자의 병력과 조우한다면, 반드시 무너뜨리십시오."

마기를 효과적으로 제압하기 위해서 천벌 시리즈를 비롯한 신성 계열 무기들을 미리 준비해 두었다.

좌표만 찍어 주면 곧바로 화력 지원이 이어질 것이다.

내 말에 지휘관들은 일제히 고개를 끄덕였다.

"그러면 시작합니다. 선두는 이번에도 리멘 교단이 맡습

니다."

신성력이 모이는 신전을 처리하는 것이 최우선이다.

신전을 모두 무너뜨린다면, 녀석들의 '회합'에 큰 문제가 생길 것임이 틀림없었다.

베이징은 큰 도시다.

그 위에 세워진 성역이었으니, 성역의 넓이 역시 엄청날 터.

서쪽에서 밀고 들어오는 정화자와 최대한 충돌을 줄이면서 목표를 달성해야한다.

어렵지 않다.

이곳에는 나의 동료들이 많다.

내가 지구로 돌아온 이후, 자연스레 내 곁에 모여든 동료들.

여태껏 내가 그들을 도와준 걸로 생각했지만 전혀 아니었다.

그들도 나를 도와주고 있었다.

지금처럼.

나는 성역에서 들려오는 괴성을 들으면서 크게 숨을 몰아내쉬었다. 그리고 나를 바라보고 있던 이들을 향해 말했다.

"이번 전투에서도 리멘의 가호가 여러분들에게 있기를. 여신께서 당신들을 지켜보고 계십니다."

많은 사람들이 살아서 나와 함께 웃을 수 있기를 빌며, 그렇게 나는 진군 명령을 내렸다.

⚜

"위대한 빛을 위하여."

"새로운 질서에 반하는 이단자들을 몰아내라!"

"성역을! 반드시 성역을 지켜 내라!"

우리 측의 전투가 시작되었다.

리멘 교단의 성기사들이 성역에 발을 내디딘 순간, 도시 곳곳에서 우리를 기다리고 있던 적들이 모습을 드러냈다.

백명교.

고대 신들이 이계에서 데려온 괴물들.

거기에 한때 베이징의 시민이었지만, 이제는 이성을 잃은 광신도가 되어 버린 이들.

리멘 교단의 성기사들은 주눅 들지 않고 앞으로 나아갔다.

"리멘님을 위하여!"

"교황 성하를 위하여!"

"이번에는 우리가 지킨다!"

신념과 신념이 드세게 충돌한다.

다시 한번 전투마에 올라탄 성기사들이 파죽지세로 적들을 뚫고 들어간다.

콰아아아아아앙-!

우리 교황님 좀
말려 주세요

하늘에서 회색빛의 불꽃이 비처럼 쏟아져 내리기 시작했다.

아까까지만 해도 나를 친절하게 안내해 주었던 천사들이, 붉은 안광을 쏘아 내면서 대지를 향해 불꽃을 쏟아 내는 중이었다.

"라파엘."

-저에게 맡기세요.

공중은 늘 그렇듯이 라파엘의 영역이다.

라파엘은 슈트를 착용한 채로 빠르게 허공으로 치솟아 올랐다.

그리고 곧 엄청난 화력을 뿜어내면서 천사들을 제거하기 시작했다.

치열한 공방전이 시작되었다.

목숨을 걸고 방어하려는 자들과, 목숨을 걸고 뚫어 내려는 자들.

만약 적들이 평범한 인간이었다면 양쪽에서 공격을 받는 상황에 당황할 수도 있었을 것이다.

하지만 저들은 그저 맹목적으로 주인의 뜻에 순종한다.

고대 신들이 그들에게 내린 명령은 하나뿐이었다. 그저 목숨을 걸고 이 땅을 지킬 것.

영혼까지 빼앗긴 이들에게 생각이란 사치였다.

"으아아아아아!"

"죽어어어!"

신앙심으로 무장했다고 해서 전투력이 순식간에 증식하는
건 아니다.

한때 이곳의 시민이었을 자들이 전투를 경험했으면 얼마
나 경험했을까?

리멘 교단의 성기사들은 이를 악문 채로 달려드는 적들을
베어 넘기거나, 부숴 버린다.

순식간에 피 냄새가 사방으로 퍼지기 시작했다.

오로지 신앙심으로만 무장한 자들 사이에서 위협적인 공
격이 뻗어 나온다.

치지지지지지직-!

전격의 창이 뻗어 나와 성기사들을 직격했다.

창에 맞은 성기사는 비명조차 내지르지 못하고 재가 되어
버린다.

나는 빠르게 뛰어올라서 그 사이를 파고들었다.

"하아."

내가 내려앉은 자리에는 백명교의 사제가 몸을 꿈틀거리
고 있었다.

녀석의 손에서 스파크가 튄다.

"죽어라, 이단자ㅡ."

"빌어먹을 새끼들."

콰지지직.

버둥거리는 그놈의 대가리를 발로 으깼다. 그리고 곧장 뒤쪽을 바라보며 소리쳤다.

"에이든! 자현아! 센 놈들부터 죽여!"

이 녀석들은 지금 힘없는 광신도들을 고기 방패로 던져 대면서 우리의 병력을 야금야금 갉아먹을 셈이다.

교환비가 아무리 높다고 하더라도 이 상태로 시간이 끌리면 불리한 건 우리 쪽이다.

병력의 차이가 막심하다.

지금 이 순간조차 안쪽에서 더욱 많은 병력이 튀어나오고 있었다.

시간이 끌리면 안 된다.

적들의 증원을 잠시 막아야 지역을 확보할 수 있었다.

나는 곧바로 루나를 향해 소리쳤다.

"성기사들을 둘로 나뉘어서 건물을 무너뜨려! 시간을 조금이라도-!"

그때였다.

-이세민입니다. 합류합니다.

부우우우욱.

뒤쪽에서 거대한 에너지가 다가오더니 곧 앞에 있던 빌딩을 베어 버렸다.

문자 그대로 양단했다.

반으로 쪼개진 건물이 무너져 내렸고, 내 뒤쪽에서 트레이

닝복을 입은 남자가 모습을 드러냈다.

그는 나와 잠시 등을 맞대면서 말했다.

"좀 늦었습니다. 저희가 합류하면 시작하실 줄 알았는데요."

"상해 쪽 병력은?"

"합류하기까지 30분은 걸립니다. 전투가 시작된 듯하여 제가 먼저 왔습니다."

이로써 이레귤러는 다섯.

옵션이 더 많아졌다.

나는 나를 향해 날아드는 천사의 몸을 붙잡아 반으로 찢어버리면서 답했다.

"정화자 쪽에서 먼저 전투를 시작했습니다. 시선이 분산된 시간을 최대한 이용해야 합니다."

"무명, 그자도 성격이 급한 것 같습니다."

"그놈이 봤을 땐 지금이 적기라는 거죠. 3일. 3일 내에 정리해야 합니다."

"……3일이나 잠 안 자고 싸울 수 있습니까?"

"정화자 놈들은 가능하겠죠. 그놈들은 시체가 절반 이상이잖아요."

지독한 장기전으로 흘러가면 필패다.

고대 신들에게 에너지를 공급하고 있는 신전을 무너뜨리는 게 급선무다.

우리의 목적은 딱 하나다.

잔칫상을 엎어 버리는 것.

이 빌어먹을 잔치를 끝내면, 그 이후는 리멘과 테라에게 맡기면 된다.

"라파엘."

—예, 교황님.

"슈트에 내장된 지도 기능을 통해서 신전 위치를 전송했습니다. 각 지휘관들에게 공유해 주세요."

성역 내부로 들어오고 나니 신성력의 흐름을 보다 쉽게 파악할 수 있었다.

신전은 총 일곱 곳.

그중 세 곳은 서쪽, 세 곳은 동쪽.

나머지 한 곳은 도시 중앙이다.

중앙의 신전은 거대한 신성 결계에 의해 보호되고 있었다.

아마 외곽의 신전을 모두 무너뜨려야 결계가 해제될 것으로 보인다.

"상해 병력이 도착하면 대한민국 본대 쪽으로 붙이세요."

"저는 뭘 하면 됩니까?"

"잘하시는 거 있잖아요? 그냥 보이는 족족 잡아 죽이세요. 그거만 해 주면 됩니다. 강한 놈들부터 죽여 주면 더 좋고."

그러자 이세민은 천천히 고개를 끄덕였다. 그러더니 곧 오른쪽 위를 턱짓으로 가리키면서 말했다.

"음, 그럼 저놈은?"

이세민이 가리킨 곳에는 두 장의 날개를 펼친 채로 날아다니는 놈이 한 명 있었다.

익숙한 얼굴.

아주 보고 싶었던 놈이다.

나는 그놈의 얼굴을 확인하자마자 입꼬리를 비릿하게 올렸다.

"어떻게 하고 싶으신데요?"

그 녀석의 정체는 순 리였다.

아주 예전, 대한민국에 방문했을 때의 순 리와는 너무나도 많은 게 달라져 있었다.

녀석의 몸에서는 고대 신의 힘이 강력하게 느껴졌다.

신성력이라곤 찾아볼 수 없던 놈이 이제는 신성력을 사용하면서 전장을 어지럽히는 중이었다.

예전과는 비교할 수 없을 정도로 강해진 상태인 게 틀림없었다.

이세민이 과연 저 상태의 순 리를 이길 수 있을까?

"아무래도 중국 놈이니까, 중국 놈의 손에 죽는 게 맞지 않겠습니까."

이세민은 활짝 웃으면서 나를 뒤돌아보았다.

"원래도 제 발끝조차 건드리지 못했던 놈입니다. 돼지 목에 진주 목걸이를 걸어 봤자 돼지인 건 변함없죠. 원래 힘이란 게 그렇습니다. 고생 없이 얻게 된 힘은, 그저 본인을 좀 먹을 뿐입니다."

아직까지 나는 이세민의 전심전력을 본 적이 없던 것 같다.

그래도 나름 중국 최고의 이레귤러라고 불렸던 남자.

지구에 돌아온 이후, 가장 강한 상태의 루시퍼를 한 번 죽였던 사람인데 말이지.

나는 웃으면서 고개를 끄덕였고, 이세민 역시 웃으면서 말했다.

"저딴 날파리 같은 놈에게 아까운 시간을 낭비하지 마십시오."

하—하! 거기! 거기에 있었구나? 나를 지독히도 괴롭혔던 두 놈이 같이 있었어! 너희를 단번에 죽여 주마. 위대한 이들께서 내게 내려 주신 이 힘으로—!

부우욱.

아주 찰나의 순간이었다.

이세민의 손에서 폭발적으로 뻗어 나간 에너지가 파리처럼 날아다니던 순 리의 목을 베었다.

그것은 '검'이었다.

고도로 응축된 에너지가 담겨 있던 형태 없는 검.

어찌나 방대한 에너지가 담겨 있었는지, 기술을 사용한 이세민의 몸이 살짝 비틀거렸다.

"교황님께서는 늘 그러하셨듯이 나아가십시오."

이세민은 허공에서 떨어져 내리는 순 리의 머리를 바라보면서 말했다.

"인민의 배신자는 반드시 제가 처리할 테니, 교황님께서는 교황님의 일을 하시면 됩니다."

순 리는 죽지 않았다.

목이 잘렸으나, 떨어지는 순간에도 괴물같이 재생한다.

그야말로 저주받을 신성력.

그러나 이세민은 활짝 웃으면서 앞으로 걸어갔다.

"이따 뵙겠습니다."

그 말에 얼마나 많은 뜻이 담겨 있는지 나도 잘 안다.

그렇기에 나는.

"이따가 다시 봅시다."

그저 그에게 가볍게 인사를 건네는 것을 끝으로 내 길을 향해 나아갔다.

❖

수도 없이 뭉개 버리며 앞으로 나아갔다.

내 앞길을 가로막는 광신도들과 괴물들.

그 모든 것들을 힘으로 짓누르면서, 끊임없이 앞으로 나아 갔다.

"으아아아아-!"

"당황하지 말고 침착하게 밀어붙여!"

상해에서 출발한 병력이 합류해 한중일 삼국의 연합이 되어 버린 대한민국 본대와, 리멘 교단의 병력은 서로 힘을 합쳐서 이 전장을 나아갔다.

이레귤러들은 그들을 보호하며 엄청 영리하게 싸움을 이어 나간다.

-막지 마라, 자현아. 저놈들은 형 몫이다.

-아니, 형님, 형님도 그렇고, 시우 형님도 그렇고, 왜 저한테 하지 말라고만 하십니까?

-그렇다고 하늘에 떠 있는 라파엘보고 내려오라고 할 수 없지 않냐?

-제가 허공답보를 쓰면서 공중전 보여 드려요? 형님은 이런 거 못 하잖아요.

통신 채널을 통해서는 에이든과 자현이의 목소리가 쉴 새 없이 울려 퍼졌다.

그들은 서로의 의견을 교류하면서 효과적으로 전장을 지배하기 시작했다.

각자가 각 세계의 정점이었거나, 정점에 가까웠던 자들이다.

그들의 존재는 그 자체만으로도 전장의 분위기를 바꾸기에 충분했다.

시간이 지날수록 병력은 열세가 되겠지만, 그 시기가 찾아오기 전에 최대한 많은 것들을 이루어 내야만 했다.

"후으읍."

나는 크게 숨을 들이켜면서 빠르게 공간을 접었다.

내가 있던 곳에서 가장 가까운 곳에 위치한 신전.

그곳에 도착하는 건 그리 어렵지 않았다.

다만, 나를 반겨 주는 놈들이 꽤 있었다.

"이곳은 우리의 신전입니다. 아무리 당신이라고 할지라도, 성역에서 신전을 파괴할 순 없을 겁니다."

지난번 지도자급 회담에서 만난 적이 있었던 백명교 대교구장의 오른팔.

이름?

이름 따위는 모른다.

애초에 물어본 적도, 물어보고 싶은 생각도 없었으니까.

어차피 죽여 버릴 놈의 이름을 물을 필요는 없다. 그것만큼 시간 낭비인 일이 어디 있겠어?

나는 비릿하게 웃으면서 녀석을 노려보았다.

"박살 내는 것보다 쉬운 게 어디 있다고?"

"높은 곳에 계신 분들께서 지구를 위해 말씀을 나누고 계십니다. 당신들이 그분들의 거사를 방해하는 걸 좌시할 순 없습니다."

"축제의 묘미가 뭔지 알아?"

슬쩍 웃으면서 손에 끼고 있던 건틀릿을 해제했다.

저쪽의 머릿수가 아주 많다. 대략 5백은 훌쩍 넘는 숫자다.

게다가 어중이떠중이들이 아닌, 백명교 내부에서도 정예
들을 끌어모은 것 같다.

나를 향해 말을 거는 저놈 역시 이레귤러급이라고 불러도
충분한 전력.

그래서 그냥 건틀릿 말고 다른 걸로 한 번에 휩쓸어 주기
로 했다.

이번에 리멘이 지구에 현신한 이후, 리멘에게 따로 허락을
받은 무기가 있다.

성유물 〈심판의 검〉을 소환합니다!
성유물 〈심판의 검〉이 이단자의 신성력을 감지합니다. 마기를 상대할 때와 동
일한 효과를 발휘합니다!

이 미래까지 봤던 건지는 모르겠다.

하지만 한 가지 확실한 건, 지금 이 순간 〈심판의 검〉은
압도적인 파괴력을 지닌다.

이단자들을 세상에서 지워 내는 힘.

이 검이 꽂혀 있던 상해 성지는 리멘이 직접 성유물을 소

환하는 것으로 대체했다.

전쟁, 전투에 있어서만큼은 우리 교단 최고의 성검을 마냥 내버려 둘 수는 없는 일이잖아?

우우우우우웅—.

심판의 검에서 새하얀 빛이 뿜어져 나온다. 그리고 그 새하얀 빛 속으로 내 회색빛의 신성력도 섞여 들어간다.

검이 거세게 진동한다.

그 힘은 엄청난 위압감을 뿜어내면서 주변의 공기를 장악하기 시작했다.

"축제를 깽판 치는 게 제일 재밌어. 너의 불행이 곧 나의 행복, 뭐 그런 거지."

나는 오랜만에 쥐어 보는 심판의 검의 그립을 가볍게 움켜쥐었다.

리멘의 사도로서 나에게 허락된 검.

그러나 지금 느껴지는 심판의 검은 그 어느 때보다 생소했다.

이 정도쯤 되는 성검에는 일종의 자아가 형성되어 있다.

에덴 최후의 전투에서 나를 도왔던 검이었으니, 이 검은 그 누구보다 내 힘을 잘 기억한다.

그렇기에 이 녀석은 내가 지금 무엇을 원하는지 깨닫고 있나 보다.

지이이이잉.

검 끝에 신성력이 잔뜩 응축된다.

그릇된 신성력을 일격에 무너뜨릴 수 있을 만큼 강한 신성력.

그 응축된 신성력 위에 내 격이 뒤덮였고, 곧 모든 준비가 끝났다.

"오늘도 내가 할 일이 아주 많아서. 그냥 한 번에 몰려들어라. 그래야 베어 버리기 쉽지."

어차피 대화가 통하지 않는 상대들이다.

굳이 말을 더 할 필요가 있겠어?

나는 녀석들을 바라보며 가볍게 손가락을 까닥였다. 그러자 곧 백명교의 성기사들이 신성력을 내뿜으면서 나를 향해 돌진하기 시작했다.

"희고도 밝은 빛을 위하여!"

"이단을 심판하라!"

그들에게 나는 이단이다.

그리고 나에게는 그들이 이단이다.

신성력이라는 같은 힘을 사용하지만, 근본적인 차이는 그곳에 있었다.

나를 앞에 두고도 저렇게 장렬하게 돌진할 수 있는 이유는 그다지 어렵지 않다.

나와 같은 이유다.

자신이 모시는 이를 목숨을 바쳐 지킬 각오가 되어 있으니까.

"너희의 잘못은 바로 그거야."

신념은 박수받아 마땅하다.

하지만 그릇된 신념은 질타받아 마땅하다.

나는 나를 향해 달려드는 그들을 향해서 부드럽게 칼을 휘둘렀다.

우우우우우웅—!

검 끝에 모여 있던 신성력이 곧 폭풍이 되어 그들을 향해 몰아치기 시작했다.

그 어느 때보다 날카로워진 신성력의 칼날이 나의 적들을 갈가리 찢어 나간다.

"교화아아아앙!"

폭풍을 뚫고 대교구장의 수하가 뛰쳐나온다.

녀석의 검 끝이 서리빛으로 빛난다.

이레귤러급에 준하지만, 나와 녀석에게는 큰 차이가 존재한다.

"너에게 격을 내려 주지 않은 네 신을 탓해."

푸욱.

격을 이용해서 녀석의 다리를 묶은 다음, 곧바로 심판의 검으로 다리를 베어 냈다.

근본적인 격의 차이.

플루토와의 전투에서 격의 차이를 어떻게 이용하면 되는

우리 교황님좀
말려 주세요

지 아주 잘 배웠다.

"내가 원래 몸으로 배우는 건 아주 잘하거든."

나는 다리를 잃은 채 버둥거리는 그 녀석을 바라보면서 검을 높게 들어 올렸다.

"억울해하지 마라. 너는 그놈들에게 그저 쓸 만한 장기말이었을 뿐이잖아."

"대교구장께서 너를 반드시―."

녀석은 입 안에 담긴 말을 끝내 완성시키지 못했다.

내가 곧장 검을 내리쳐 목을 잘랐기 때문이다.

"기껏해야 운 좋은 단역 주제에 말이 왜 이렇게 많아."

구구절절한 유언을 들어 줄 시간은 없었다.

백명교의 대교구장이 어디에 있는지는 대강 눈치챘다.

그녀는 아마 성역의 중심에 위치한 대신전에서 나를 기다리고 있을 것이다.

나는 고개를 가볍게 끄덕인 후, 곧장 심판의 검을 신전의 바닥에 꽂아 넣었다.

신전과 연결된 일종의 지맥을 따라서 신성력이 중앙 결계에 공급되는 구조.

콰아아아아아아아앙―!

내가 신전의 지맥을 헤집으면서 신전 전체를 무너뜨리고 있을 때쯤, 저 멀리서 엄청난 굉음이 울려 퍼졌다.

그와 동시에 중앙의 신성 결계가 약화되는 것이 느껴졌다.

무명, 분명히 그놈의 작품이다.

폭발이 일어난 곳에서 진득한 마기의 냄새가 풍겨 왔다.

"곧 보자고."

쿠르르릉.

신전이 위에서부터 무너져 내린다.

붕괴되는 신전을 뒤로하고 천천히 앞으로 걸어 나갔다.

※

다른 신전을 부수는 와중에도 쉴 새 없이 전투에 대한 보고가 곳곳에서 이어졌다.

-한국 3팀 전멸.

-일본 2팀 전투 불가. 뒤로 빠지겠음.

-리멘 성기사단 2팀 장렬하게 전사하였습니다.

요하 방어전과 비교했을 때, 처절하고도 슬픈 보고들이 곳곳에서 이어졌다.

적진의 한복판이다.

고대 신 놈들의 세례를 받은 정예들이 도사리고 있는, 그야말로 마굴 같은 곳.

희생은 불가피하다. 하지만 그들의 희생이 의미 없는 게 아니다.

콰르르르르르릉!

나는 서쪽에 위치한 마지막 신전을 무너뜨리며 가쁜 숨을 몰아쉬었다.

힘이 부치는 걸 느껴 본 적이 언제쯤이었을까?

기억조차 잘 나지 않는다.

지구로 넘어온 이후, 이 정도로 피곤했던 적은 없었던 것 같다.

마지막 신전의 지맥까지 휘저어 버리자 귓가에 라파엘의 목소리가 울려 퍼졌다.

─중앙 지역의 결계가 희미해졌습니다.

라파엘의 목소리에서조차 피로가 묻어 나온다.

전투가 시작된 지 벌써 5시간이 지났다.

라파엘이 아무리 슈트를 통해 전투를 이어 나가고 있다고 한들, 피로를 피해 갈 수는 없었다.

라파엘의 기본 체력은 그다지 좋지 않다.

그가 개발한 약물을 통해서 피로를 어느 정도 억제하고 있을 뿐.

"바로 돌입하겠습니다. 아, 그리고 세민 씨는⋯⋯."

─순 리를 완벽하게 소멸시켰습니다. 그 과정에서 중상을 입은 듯하지만, 여전히 전장에서 활약 중입니다.

이세민 씨가 아직 죽지 않았다.

하지만 중상을 입었는데 계속 싸우고 있다면…… 아마도 그는 이곳을 자신의 무덤으로 삼을 모양이다.

그렇게 둘 수는 없지.

그의 가족을 몇 번 본 적이 있다.

이세민이 어째서 죽음을 각오하고 싸우는지 잘 안다.

그에게도 지켜야 할 가족들이 있으니까.

그렇기에 나는 그를 이곳에서 죽게 만들지 않을 것이다.

"에이든, 자현이, 두 사람 상태는?"

그러자 통신 채널을 통해 두 사람의 목소리가 전해졌다.

—아직 거뜬하다.

—내공이 슬슬 바닥을 향해 가긴 하지만…… 아직은 괜찮습니다. 혈도를 역류시키면 되니까요. 동귀어진 정도는 충분합니다.

그들도 마찬가지였다.

모든 이레귤러들이 필사적으로 싸우고 있다.

전략무기에 준하는 이레귤러들이 필사적으로 싸우고 있다는 소리는 그만큼 이곳의 환경이 끔찍하다는 뜻이다.

나는 빠르게 판단을 내렸다.

"라파엘."

—예, 교황님.

"이세민 씨를 데리고 잠시 전장에서 후퇴하세요. 후방에서 대기하고 있는 라파르트 대주교에게 데려가십시오. 외과

수술은 라파엘이 직접 하고, 나머지는 그들에게 맡기면 됩니다."

라파엘의 체력은 한계에 도달했다.

뒤로 후퇴해서 집중적으로 케어를 받고 전장에 복귀하는 게 옳은 판단이다.

내가 중앙 결계 내부로 진입한 이후에도 전투는 계속될 테니, 소중한 이레귤러들이 개죽음당하는 걸 방치할 수는 없다.

"에이든과 자현이는 나와 함께 중앙 결계 내부로 들어간다. 레오, 루나."

—예, 성하.

—말씀하세요.

"지휘권은 리스한테 이양하고 너희도 따라 들어와."

나도 모르는 사이에 레오와 루나에게도 내 신성력이 흘러 들어 갔었다.

내 신성력을 품은 그 둘이라면 저 중앙 결계 내부에서도 버틸 만할 거다.

나는 빠르게 내부 진입 인원을 선발한 후, 희미해진 중앙 결계를 바라보았다.

결계가 희미해져서일까?

그 안쪽에서 엄청난 힘들이 느껴지기 시작한다.

성역 전체를 유지하고 있는 압도적인 신성력과 격.

지옥으로 변한 외부보다 훨씬 지옥 같은 풍경이 펼쳐질 터였다.

잠시 자리에 멈춰서 동료들을 기다렸다.

이미 너무도 많은 사람들이 소중한 것들을 지키기 위해서 희생했다.

그들의 희생이, 그들이 지키려고 했던 소중한 것들이 무로 돌아가서는 안 된다.

"교황!"

"형님!"

"성하아아아!"

저 멀리서 피를 뒤집어쓴 내 동료들이 달려온다.

나는 그들의 모습을 바라보며 피식 미소를 지을 수밖에 없었다.

에덴에서 짊어졌던 짐보다 더 무거운 것들이 내 어깨에 올려져 있었지만, 에덴에서만큼 무겁지는 않았다.

무게를 같이 짊어 줄 사람들이 저렇게나 많지 않은가?

그러니 이번에도 해낼 것이다.

"슬슬 들어가자."

저들과 함께.

결전

해당 지역은 〈차원계: 지구〉의 관리 대상에서 벗어난 지역입니다.
시스템이 일시적으로 정지합니다.

시스템의 기능이 정지한다.

테라가 관장하던 모든 시스템들이 멈춰 섰다는 건, 이곳은
그녀의 힘에서 벗어난 지역이란 뜻이었다.

나는 동료들과 함께 대신전 안으로 발을 내디뎠다.

대신전.

도시의 원형을 일부 간직한 외곽 지역과는 달리, 이곳은
정말 아예 다른 세계였다.

지난번에 나를 이 안쪽으로 초대해 줬을 때도 보여 주지

않았던 중요한 장소.

서울에 위치한 리멘 교단의 신전과는 달리, 끝을 알 수 없을 정도로 거대한 대신전이 가운데에서 자리 잡고 있었다.

"만신전이군."

에이든은 주위를 여유롭게 둘러보면서 고개를 끄덕였다.

대신전은 말 그대로 만신전이었다.

이걸 보고 판테온이라고 하던가?

셀 수 없이 많은 신의 조각상들이 곳곳에 자리 잡고 있었는데, 그중 일부는 형체를 알아볼 수 없을 정도로 훼손되어 있었다.

"생각보다 조용한데요?"

"폭풍전야지 뭐."

나는 자현이의 질문에 고개를 끄덕이면서 천천히 앞으로 걸어갔다.

그리고 그때, 익숙한 분위기를 풍기는 신상 하나가 눈에 들어왔다.

그 신상에서는 아주 익숙한 느낌이 풍겨 왔다.

그것이 테라의 신상이라는 걸 깨닫기까지는 그리 오래 걸리지 않았다.

테라의 신상은 목이 잘린 상태였다.

한때, 고대 신들과 같은 편에 서 있던 신격.

그러나 그들을 배신하고, 결국 인류의 편에 서 이 땅을 지켜 냈던 신격.

그들에게 있어서 테라는 배신자에 불과했다.

"무신론자들이 즐비한 지구에 이렇게나 많은 신격들이 있었습니까?"

레오는 눈살을 지그시 찌푸리면서 주위를 둘러보았다.

나는 레오를 바라보면서 나지막하게 대답했다.

"이 많은 놈들이 쫓겨났던 거지. 그리고 마침내 다시 돌아온 거고."

판테온 곳곳에 박혀 있는 돌에서는 회색빛이 뿜어져 나온다.

내 것과 같은 색깔의 신성력.

그 신성력은 판테온의 내부를 희미하게 비춘다.

우리는 그 희미한 빛 속으로 천천히 걸어 들어갔다.

그렇게 얼마쯤을 걸었을까?

기나긴 복도 끝에 출구가 작은 점처럼 보이기 시작했다.

"다들 오늘 나랑 한 가지만 약속하자."

이 길 끝에 무엇이 있든, 지금까지 우리가 경험했던 것 중 가장 위험한 상황이 우리를 덮칠 것이다.

이런 상황에서 내가 동료들에게 기대하는 건 딱 하나다.

"이번 일 다 끝나면, 다 같이 우리 집에서 파티나 하자. 예전에 우리 집에서 다 같이 모였잖아? 설화도 부르고, 민수 씨도 부르고. 할머니에게는 내가 이야기 잘해 둘게."

살아남았으면 한다.

모두 살아남아, 같이 웃었으면 한다.

내가 그들에게 기대하는 것 딱 그뿐이다.

하지만 그게 가장 어려운 일이라는 걸 잘 알고 있었다. 나뿐만이 아니라, 이곳에 있는 모두가 말이다.

자현이는 내 말에 웃으면서 답했다.

"제 가족들도 초대해 주십니까, 형님?"

"네 가족이 우리 가족이지."

"가족들이 좋아하겠네요. 아니, 글쎄 우리 부모님은 아들보다 형님을 더 아끼신다니까요?"

긴장을 풀어 주려는 듯한 가벼운 농담.

그 농담에 옆에 있던 모두가 피식 웃음을 짓는다.

"그러게 효도를 좀 해 드렸어야지. 전쟁 끝나면 좋은 곳에 여행이라도 보내 드려라."

"오, 좋은 아이디언데요, 에이든 형님."

"자현아, 교황님한테 개인 섬 하나 있거든. 나중에 거기라도 가. 조금 있으면 별장 완성된다더라. 일본 정부에서 최고의 건축가들을 붙여 줬다고."

섬이라.

시연이 선물로 섬을 받았더랬지.

근데 별장 완공 소식은 나도 잘 몰랐는데?

"루나야, 그거 사실이야?"

루나에게 묻자 루나는 어이가 없다는 듯이 고개를 가로저었다.

"어떻게 당사자만 모를 수가 있지?"

"루나 양, 원래 시우가 꼼꼼하지 못한 구석이 있잖아."

"맞네. 그런 걸 보면 에이든 아저씨나 성하나 성격이 비슷비슷하다니까. 옛 어른들이 유유상종이라던데, 그 말이 하나도 안 틀렸네요."

"원래 좋아하는 친구끼리는 닮는 법이지, 하하!"

우리는 치열하게 농담을 주고받으면서 앞으로 나아갔다.

그리고 마침내 판테온의 중앙에 도착했다.

복도 끝의 유리문을 열고 안으로 들어서자, 곧 휘황찬란한 빛줄기가 우리를 맞이했다.

수많은 신상으로 가득 찬 중앙 홀.

그 가운데에는 신성석으로 조각된 높은 제단과 온갖 성유물들이 자리 잡고 있었다.

그 사이에 한 소녀가 서 있었다.

소녀는 이곳에 들어온 우리를 향해 정중히 허리를 숙이면서 인사를 건넸다.

"판테온에 오신 걸 환영합니다. 이곳에서 아주 오랫동안 여러분들을 기다리고 있었습니다."

백명교의 대교구장, 신지혜.

금발과 적안이 유독 인상적인 그녀는 천천히 제단에서 걸어 내려왔다.

새하얀 드레스 같은 예복이 조금씩 휘날린다.

신발을 신지 않은 맨발이 바닥에 닿을 때마다 제단에서 강한 신성력이 방출된다.

꾸드드드득.

빛으로 휘감긴 제단에서 검은색의 점액질이 사방으로 뻗어 나간다.

역겨운 신성력들이 잔뜩 담긴 점액질들은 빠르게 신상들을 뒤덮었다.

쿠우우우웅.

점액질의 세례를 받은 신상들이 하나둘씩 움직이기 시작했다.

저건 단순한 마법 따위가 아니다.

신상 하나하나에서 격이 느껴진다.

"위대한 분들의 충실한 종복들이 당신들을 막을 겁니다. 하지만 플루토님께서 당신에게 마지막 제안을 하시고자 합니다. 그분은 관대하시니까요."

신지혜는 나를 똑바로 직시하면서 말했다.

"지금이라도 저항을 포기하고 밑으로 들어온다면, 주신좌를 보좌할 수 있는 자리를 내주신다 하셨습니다. 그분께서 교황님을 참으로 아끼십니다. 제가 질투가 날 정도예요. 그리고 이 제안은……."

그때였다.

콰아아아아아아아아앙-!

중앙 홀의 서쪽 벽이 통째로 무너져 내리면서 한 남자가 모습을 드러냈다.

검은색의 마기와 흉흉한 살기를 아낌없이 내뿜는 망나니.

무명.

그놈은 등장하자마자 가장 왼쪽의 신상을 박살 내면서 말했다.

"이런, 선객이 먼저 와 계셨군요. 제가 좀 늦었습니다. 아직 파티는 시작하지 않은 듯하니 다행이군요."

신지혜는 그런 무명을 바라보며 말했다.

"당신에게도 유효합니다, 유신혁."

"이름을 잊어버린 지 오래라. 덕분에 잊어버린 이름을 떠올렸습니다. 역시, 모르시는 게 없네요. 전지전능하신 분들이라 그런가?"

"그대가 시간의 축을 몇 번이고 뒤틀었다는 걸 압니다. 그런 당신이 이런 멍청한 결말을 바랄 거라 생각하진 않는다고, 플루토님께서 전해 달라 하셨습니다."

그 말에 무명, 아니 유신혁은 나를 쳐다본다. 그리고 활짝 웃으면서 답했다.

"멍청한 결말이라니. 이 얼마나 혼란스럽고 즐거운 결말입니까? 제가 바라는 건 오로지 끝없는 혼돈입니다."

"당신이 그 지긋지긋한 생을 끝내고 싶어 할 뿐이란 걸 잘 알고 있습니다. 크로노스의 파편을 머금은 존재여."

신지혜의 말에 유신혁은 거대한 도를 허공에서 뽑아내면서 답했다.

"제가 소중히 간직한 비밀을 그렇게 다른 사람들에게 알려 주면 어쩝니까. 당신이 모시는 잡신 놈들에게 한마디만 전해 주십시오."

유신혁은 나를 바라본다.

그리고 행복해 죽겠다는 듯, 큰 소리로 외쳤다.

"X까! 이 말을 반드시 전해 주십시오."

저놈의 사정 따윈 사실 궁금하지 않다.

어차피 이 자리에서 내가 끝내야 할 놈들 중 하나다.

나는 나를 사랑스럽다는 듯이 쳐다보는 유신혁을 향해 가운뎃손가락을 올려 주었다.

그런데 유신혁이라…….

저놈도 한국인이었던 건가?

……잘 모르겠네.

그래, 어차피 뒈질 놈 이름 기억해 봤자 뭐 해?

크르르르륵.

무너져 내린 서쪽 벽에서 괴물들과 마족들이 기어 나온다.

마기를 보유한 채로 이곳에서 버티는 걸 보면 유신혁, 저놈이 저것들에게도 격을 나눠 준 듯하다.

우우우우웅.

마기를 감지한 심판의 검이 그 어느 때보다 격렬하게 공명한다.

이 자리에 모인 부정한 신성력, 마기, 그 모든 것들을 멸하기 위해 그 어느 때보다 찬란하게 빛난다.

나는 그 검을 높게 들어 올렸다. 그리고 한자리에 모인 적들을 향해 말했다.

"악연은 여기서 끝이야."

기나긴 고리를 끊어 낼 시간이었다.

❖

고요하던 중앙 홀이 지옥으로 뒤바뀌는 데 걸린 시간은 고작 1분 남짓.

콰드드드득.

쿠우우웅.

콰지지지직—!

곳곳에서 굉음과 파육음이 울려 퍼진다.

신상에 강림한 신격들은 내 동료들과 마수들을 상대로 마구잡이로 신성력을 난사해 대기 시작했다.

룰, 예의.

그딴 건 이번 전투에서 생각할 필요부터가 없었다.

"크아아아아아!"

에이든은 괴성을 내지르면서 도끼를 휘둘렀다.

그의 도끼 끝에 담겨 있던 투기가, 그를 향해 달려들던 마수의 어깻죽지를 가른다.

그러나 그것도 잠시, 옆에서 달려오던 신상이 거대한 주먹을 내리치면서 마수와 에이든을 동시에 찍어 눌렀다.

에이든은 역전의 용사답게 노련하게 마수를 방패 삼았다.

끼에에에에에엑!

신성력이 담긴 주먹에 사자를 닮은 마수가 괴성을 내질렀지만, 그 녀석은 죽지 않았다.

꾸드드득.

손상된 부위에 핏줄이 촉수처럼 뻗어 나오더니, 엄청난 속도로 회복하기 시작했다.

나는 그것이 네크로맨서의 기술이라는 것을 알아차릴 수 있었다.

그리고 저 알 수 없는 마수가 무엇으로 만들어졌는지도.

"키메라를 완성했네."

정화자, 이 미친놈들은 결국 본인들의 연구를 완성시켰다.

인간과 마수를 융합하는 미친 실험.

그 실험의 결과물이 바로 저 끔찍하게 생긴 마수들인 것이다.

흑마법을 사용하는 마수라.

에덴에서 마왕들이 끝내 완성시키지 못한 괴물들이었지만, 유신혁 저놈이 기어코 완성해 냈나 보다.

저 괴물들을 보고 있으니 더더욱 용서할 수가 없다.

얼마나 많은 사람들이 죽어 나갔을까.

유신혁의 얼굴에서는 전혀 죄책감을 찾아볼 수가 없었고, 그것이 내가 저 녀석을 반드시 죽여야 하는 이유다.

나는 동료들로부터 시선을 뗀 채로 곧장 중앙을 향해 몸을 날렸다.

제단의 신성력은 결국 대교구장, 신지혜가 운용하고 있다.

신지혜의 목숨을 끊는다면 결국 신격들도 멈춰 선다.

이 끔찍한 상황의 유일한 위안이라고 한다면…… 신상에 강림한 격들의 수준이 굉장히 떨어진다는 것.

고매하신 상위 신격들께서는 여전히 위에서 회의를 하고 계시니, 그 밑의 하위 신격들만 이 자리에 내려온 듯했다.

우우우웅.

빠르게 공간을 접으면서 신지혜의 코앞까지 다가갔다. 그리고 그 자세 그대로 검을 그녀의 복부를 향해 찔러 넣었다.

"참으로 유감입니다."

신지혜는 손가락을 까딱였다. 그러자 제단 주위의 성유물들 사이에서 방패가 날아들어 와 심판의 검을 막았다.

뭐든지 뚫을 수 있는 힘이었다.

그러나 심판의 검은 고작 방패에 살짝 박혔을 뿐, 그 방패를 완전히 관통할 수는 없었다.

"아이기스에 이 정도 흠집을 남길 수 있는 사람은 아마 당신이 유일할 겁니다."

"아이기스?"

신화 속에나 등장할 법한 성유물인 걸까.

그러나 신지혜는 더 이상 여유를 부릴 수는 없었다.

화르르르륵–!

"재미를 두 분만 보게 할 수는 없잖습니까."

어느새 등에 흑색 화염을 두른 유신혁이 틈을 놓치지 않고 신지혜의 옆을 후려쳤다.

신지혜가 빠르게 보호막을 생성하면서 충격을 줄인 듯 보였지만, 충격을 완벽하게 흡수하진 못했나 보다.

"쿨럭."

그녀의 입에서 새빨간 선혈이 흘러나왔다.

입에서 흘러나온 선혈은 곧 그녀의 하얀색 예복을 붉게 물들었다.

유신혁의 공격은 거기에서 그치지 않았다.

쿠우우웅.

유신혁은 기다렸다는 듯이 나를 향해 주먹을 휘둘렀고, 나는 왼손으로 녀석의 주먹을 붙잡았다.

녀석의 검은색 화염과 내 회색빛의 화염이 뒤섞여 들어갔다.

그 너머로 유신혁의 두 눈이 보인다.

환희에 차 있는 얼굴.

그는 나를 향해 미소를 짓는다.

"어떻습니까, 긴 이야기를 끝내기에는 완벽한 타이밍 아닙니까? 그러니 이곳에서 모든 힘을 쏟아 내 봅시다. 두 분이서 저를 만족시켜 주시는 겁니다."

그의 몸에서 흘러나온 광기가 공간을 잠식하기 시작했다.

⁂

쩌저적.

허공이 갈라진다.

유신혁이 뿜어내는 마기가 게걸스럽게 주변의 모든 공간을 먹어 치우기 시작했다.

격을 머금은 마기.

그것은 기존에 내가 알고 있던 마기와는 차원이 달랐다.

카아아아앙-!

유신혁이 휘두른 기다란 손톱을 심판의 검으로 쳐 냈다.

잠깐의 접촉이었지만 심판의 검을 타고 유신혁의 광기가 고스란히 흘러 들어온다.

녀석은 즐거워하고 있었다.

"제가 이 순간을 얼마나 기다렸는지 아십니까?"

녀석의 공격은 비단 나만을 향한 게 아니었다.

나에게 기다란 손톱을 휘두른 그 녀석은 곧장 옆의 신지혜를 향해 쇄도했다.

신지혜는 기다렸다는 듯이 회색빛 실을 뽑으면서 유신혁의 손톱을 잘라 냈다.

그러나 유신혁은 그에 개의치 않고 신지혜의 가슴팍을 어깨로 강타했다.

그러자 신지혜의 몸이 순간적으로 허공에 붕 떠오른다.

그 기회를 놓칠 유신혁이 아니었다.

우웅.

순간적으로 거리를 좁힌 유신혁은 곧장 신지혜의 몸 위로 올라탄다.

그러나 그것도 잠시.

푸우우우욱.

뒤쪽에서 날아온 삼지창 하나가 유신혁의 가슴을 관통했다.

유신혁의 가슴팍에서는 검은색 피가 울컥 쏟아져 내리기 시작했다.

일반인이었으면, 아니 이레귤러였어도 즉사했을 공격이었다.

하지만 유신혁의 숨통은 끊기지 않았다.

오히려 녀석의 눈에서 불길이 타오른다.

"트라이던트? 이 정도로 죽을 수 있었다면 그건 축복이지요."

유신혁이 비틀거리며 잠시 물러나자, 신지혜는 어느새 작은 날개를 퍼덕이면서 균형을 잡는다.

그리고 곧 사뿐하게 지상에 내려앉았다.

"사악하고 부정한 힘을 사용하는 자입니다. 교황께서 저자를 가만히 지켜보는 건 좀 불편하군요. 공공의 적은 저쪽 아니었습니까?"

"같은 편에 서 있는 것처럼 말하지 마. 너도 역겨우니까."

"저자를 보십시오. 저게 사람이라고 생각합니까?"

신지혜는 손가락으로 유신혁을 가리켰다.

유신혁은 가슴에 꽂힌 삼지창을 거칠게 빼서 바닥에 던졌다.

삼지창이 빠진 자리에는 사람 머리통 하나가 들어갈 거대한 구멍이 뚫려 있었다.

그러나 유신혁은 웃으면서 손을 흔들었다.

"머리통을 부숴도 복구할 수 있습니다. 걱정하지 마십시오."

스르륵.

유신혁의 가슴팍이 어느새 깨끗한 상태로 돌아왔다.

입고 있던 셔츠도 함께 말이다.

저건 단순한 재생이 아니다. 재생이라기보다는…… 그래,

시간을 되감는 느낌이다.

상처를 입기 전의 몸으로 말이다.

"약한 공격은 재생하면 되는 거고, 즉사에 가까운 공격은 되감으면 되는 거고. 절 죽이고 싶으시면 제 영혼까지 한 번에 베어 내는 것 말고는 없습니다."

이럴 줄 알았으면 이세민 씨한테 검술이라도 더 자세히 배울 걸 그랬나?

하지만 아예 타격이 없는 건 아닌지, 유신혁이 피가 잔뜩 섞인 침을 바닥에 뱉었다.

"열매가 탐스럽게 익었습니다. 지금이야말로 그 열매를 게걸스럽게 집어 먹을 시간이죠. 교황님, 저 위로 가고 싶으신 거 아닙니까? 저 위로 가기 위해서는 대교구장을 죽여, 그녀의 피를 바닥에 흩뿌리면 됩니다."

내 평생 가장 이해하기 힘든 놈이 바로 저놈이었다.

지금에 와서도 저놈이 무슨 생각인지 이해할 수가 없었다.

그러나 유신혁은 내 반응에 개의치 않고 말을 이어 갔다.

"제가 못 미더우시다면 뒤로 그냥 빠져 계셔도 됩니다."

그의 손에서 다시 기다란 검은색 손톱이 돋아났다.

무엇이든 베어 버릴 것 같은, 그런 날카로운 예기를 흘리는 손톱.

"대교구장님을 지켜라!"

"저들이 신전을 더럽히지 못하도록 해라!"

판테온 밖에서 진입한 백명교의 병력이 유신혁을 향해 달려들었다.

그러나 유신혁은 계속 미소를 지으면서 가볍게 손톱을 휘둘렀다.

딱 다섯 번이었다.

그가 다섯 번 손톱을 휘저었을 뿐인데.

푸우우우욱.

푸우욱.

달려들던 백명교의 병력 전원이 토막이 나 버렸다.

수십에 다다르는 인간을 토막 냈음에도 유신혁의 표정은 1도 바뀌지 않았다.

그저 생글생글 웃으면서 앞으로 걸어간다.

결국, 저놈의 본질은 학살자다.

마왕을 수족처럼 부리던 거대한 악.

이곳에는 두 개의 악이 있다.

스스로를 가감 없이 드러내는 악과 신의 가면을 쓴 악.

복잡하게 생각할 것 없다.

마음에 들지 않지만, 유신혁의 말대로 일단 위로 향하는 문을 여는 게 우선이다.

지이이이이이잉—!

신성력을 잔뜩 머금은 심판의 검이 거칠게 공명하기 시작했다.

나는 끊임없이 검신에 신성력을 밀어 넣었다.

위협을 감지한 주변의 신상들이 나를 향해 달려오기 시작했으나.

"어디를!"

"너희 상대는 나야."

에이든과 자현이가 기다렸다는 듯이 신상을 막아 세웠다.

자현이나 세민 씨처럼 화려한 무기술?

그딴 건 사실 관심 없었다. 내가 선호하는 건 어디까지나 주먹과 힘으로 밀어붙이는 거였으니까.

그리고 그건 이번에도 마찬가지다.

무기술이 부족하다면 압도적인 힘으로 그것을 채우면 될 뿐이다.

"문이나 열어."

검을 수직으로 휘둘렀다.

심판의 검에 잔뜩 응축되었던 힘이 일순간에 터져 나가며 공간을 찢는다.

정말 찰나의 순간이었다.

콰아아아아아아아아앙—!

응축된 신성력이 적들에게 닿자마자 곧바로 거대한 폭발이 일어났다.

제단 주위를 내가 피워 올린 성화가 뒤덮었다.

회색빛으로 타오르는 불길 속을 천천히 걸어 들어갔다.

검격이 강타한 중앙에서는 한 남자가 한 여자의 목을 손으로 쥔 채로 서 있었다.

남자, 그러니까 유신혁의 전신에서 내 성화가 불타오른다.

마기를 지닌 존재에게 성화는 그 무엇보다 끔찍한 고통을 선사한다. 그럼에도 불구하고 유신혁은 미소를 지으면서 말했다.

"애초에 이 여자는 꼭두각시에 불과했을 뿐입니다. 그리고 동시에 열쇠 역할을 하고 있었던 거죠. 참 불쌍한 인생 아닙니까? 평생을 도구처럼 이용만 당하지 않았습니까."

신지혜에게서는 더 이상 '격'이 느껴지지 않는다.

나는 미간을 찌푸린 채로 답했다.

"너, 뭘 알고 있는 거야?"

"여기까지는 세 번 클리어해 봤으니까요. 한 가지 더 말씀드리자면, 이 여자에게서 격이 사라졌다는 건 한 가지를 의미합니다."

유신혁은 웃으면서 신지혜의 몸을 제단 위로 던졌다.

그러자 천장으로부터 휘황찬란한 빛이 쏟아져 내렸다.

"주신좌가 선출되었다는 것."

빛 속에서 거대한 문이 모습을 드러냈다.

막대한 격이 느껴지는 문.

그 너머에서 누가 나를 기다리고 있을지는 안 봐도 뻔했다.

"3일은 걸릴 거라고 했었는데."

여신들의 계획이 수포로 돌아갔을지도 모르겠다.

하지만 유신혁의 입에서 의외의 말이 튀어나왔다.

"완전한 상태가 아니란 뜻이죠. 여신님들이 원하시던 대로 된 겁니다. 그럼 저 먼저 들어가겠습니다. 따라오시죠."

유신혁은 제단 위에 올려 둔 신지혜의 몸을 다시 챙긴 다음, 천천히 문 안으로 걸어 들어갔다.

저 녀석의 목표도 결국 저 위였던 걸까?

하지만 고민할 시간은 없었다.

나는 빠르게 유신혁을 따라 문 안쪽으로 들어갔다.

❧

문을 넘어가자 지난번에 왔었던 그곳이 모습을 드러낸다.

지상이 내려다보이는 구름 위.

과할 정도로 사치스럽게 지어진 대신전이 눈앞에 있었다.

지난번에 왔을 때와는 분위기부터가 달랐다.

지난번에는 튜닉 같은 걸 입고 있던 천사들이었으나, 지금은 모든 천사들이 갑옷을 입은 채 신전 앞에 사열해 있었다.

그리고 신전의 계단 높은 곳.

그곳에는 휘황찬란한 의자 하나가 마련되어 있었으며, 그 의자에는 익숙한 얼굴을 지닌 남자가 앉아 있었다.

그는 그곳에서 나와 유신혁을 내려다본다.

"내 소중한 아이에게 몹쓸 짓을 벌였구나."

"죽음을 관장하시는 분이시여, 그간 잘 지내셨습니까? 저는 잘 못 지냈습니다."

"우리의 계획을 처음부터 끝까지 방해했던 놈이로구나."

"알아봐 주시니 몹시 영광입니다."

유신혁은 플루토를 향해 과장된 몸짓으로 인사를 건넸다.

그리고 그때, 내 뒤에서 두 여신이 걸어 나왔다.

"고생했다, 교황. 덕분에 잘 들어왔다."

"시우."

테라와 리멘.

리멘에게서 느껴지는 에너지는 지난번과 다를 바 없었으나, 테라는 아주 심각한 변화가 체감되었다.

"테라, 너."

"계획대로 되어 가고 있다는 거지."

테라는 내 등을 두드리면서 쓴웃음을 짓는다. 그러고는 내 앞쪽에 서 있던 유신혁을 향해 말했다.

"변덕이 심한 인간이로구나."

"이런, 구 주신 테라님 아니십니까. 그간 잘 지내셨습니까?"

"네 무덤을 여기로 정한 거냐?"

"방법이 이것밖에 없다는 걸 알고 계시잖습니까. 그래도 전 참 복 받은 놈입니다. 죽을 자리를 스스로 선택할 수 있으니까요."

아마 테라는 이 녀석에 대해서 꽤 자세히 알고 있는 모양이다.

테라는 그의 너스레를 들으며 한숨을 푹 내쉬었다.

그러고는 녀석의 등에 주먹을 꽂아 넣으면서 말했다.

"방해나 하지 마라."

"높으신 분들의 자리입니다. 하등한 저 따위가 감히 뛰어들 자리나 있겠습니까?"

그제야 나는 아까 전부터 느껴졌던 기이한 느낌에 대해서 알아차릴 수 있었다.

유신혁의 마기가 멈춰 있었다.

지상에서는 괴물처럼 날뛰었던 마기가 어느새 얌전해져 있었던 것이다.

그럼에도 유신혁의 얼굴에서는 웃음기가 가시지 않는다.

도리어 이 상황을 기대했다는 듯, 잔뜩 상기된 표정으로 서 있었다.

"리멘, 저놈……"

"걱정하지 마, 시우."

리멘은 내 손을 부드럽게 잡으면서 말했다.

지상에서의 전투로 인해 잔뜩 흥분되었던 감정이 빠르게 진정된다.

"플루토가 주신좌로 선출되었어. 죽음을 관장하는 이를 주신으로 선출했으니, 지상에는 죽음의 질서가 시작될 거야."

그녀의 말을 들으며 플루토를 바라보았다.

테라에게서 빠져나간 '격'을 강탈해 간 듯, 플루토에게서는 그 어느 때보다 강대한 격이 느껴지고 있었다.

가히 엄청난 격이었다.

만약 내 뒤에 리멘이 없었다면, 숨조차 쉴 수 없었을 것이다.

"우리가 아주 오래전부터 준비해 왔던 일이야. 그러니까 걱정하지 마. 모든 게 우리의 계획대로 되었으니까."

리멘은 내 손을 잡은 채로 천천히 앞으로 나아갔다.

자신의 손을 놓지 말라던 그녀의 말이 문득 떠올랐다.

그렇기에 나는 그녀의 손을 꼭 잡은 채로 앞으로 걸어갔다.

플루토는 그런 우리 둘을 내려다보면서 말했다.

"참으로 눈물겨운 모습이군. 이제 와서 항복이라도 하겠다는 거냐? 내게 무릎 꿇고 빈다면 기회를 주마. 둘이서 함께 폐위된 주신을 소멸시켜라."

플루토의 목소리에는 강대한 격이 스며들어 있었다.

그래서 그 명령만으로도 내 몸이 들썩거렸다.

내 몸속의 격이 상위의 격이 행하는 압박에 의해 꿈틀거리기 시작한다.

그러나 딱 거기까지였다.

"플루토, 네 새끼가 모르는 게 하나 있는 것 같아."

⋯⋯믿을 수 없게도 리멘의 입에서 욕설이 흘러나오기 시작한다.

"잡신 새끼 주제에 감히 누구에게 명령을 내리는 거야? 그것도 불완전한, 반쪼가리 주신이 말이야."

"조그마한 세계의 주신 주제에 자만심이 과연 대단해."

플루토는 미소를 짓는다. 그러고는 손가락을 까딱였다.

그러자 신전 앞에 자리 잡고 있던 천사들이 일제히 우리를 향해 달려들기 시작했다.

나는 주먹을 가볍게 움켜쥐면서 몸을 움직였다. 아니, 움직이려 했다.

"가만히 있어, 시우."

리멘이 왼손으로 내 오른손을 꽉 움켜쥔 채로 말했다.

"내가 지켜 준다고 했잖아."

"리멘, 너 싸우는 거는 잘 못-."

그때였다.

파아아아아아앙-!

파아아아앙-!

우리를 향해 달려들던 천사들이 일제히 터져 나가기 시작했다.

원래대로라면 피가 쏟아져 내려야 정상이지만, 터져 나간 천사들은 꽃잎이 되어 휘날린다.

리멘은 허공에 날아다니는 꽃잎 하나를 오른손으로 살포시 움켜쥐면서 말했다.

"여기서부터는 내 몫이야. 그러니 시우, 너는 끝까지 내 손을 잡겠다는 생각만 해."

……리멘에게 이런 박력이 있었어?

내가 살짝 얼빠진 표정으로 대답을 못 하자 그녀가 살짝 미간을 찌푸리며 나를 보챘다.

"대답."

"……알았어."

잠시 후.

그동안 내가 경험하지 못했던 리멘의 또 다른 모습이 펼쳐지기 시작했다.

🙠

리멘은 언제부터 이 순간을 계획하고 있었을까?

언젠가 그녀가 내 미래를 가끔 볼 수 있다는 말을 하고는 했다.

그 미래 속에는 이 장면이 있었을까?

"시우, 잘 따라와야 해!"

"잘 따라가고 있…… 오른쪽!"

"그 정도는 시우가 직접 하면 되잖아!"

콰지지지직.

리멘은 자신을 향해 달려들던 천사의 머리를 오른손으로 구겨 버리면서 앞으로 나아갔다.

그 모습을 보고 나서야 나는 어째서 리멘이 아끼는 자식들이 왜 이 모양 이 꼴인지 깨달을 수 있었다.

나, 레오, 루나 등등.

우리 교단의 선지자들의 모습을 생각해 보면, 공통점이 하나 있었다.

모두 전투 스타일이 단순 무식하다는 거.

……그 이유를 알 수 있을 것 같다.

몸소 움직이시는 우리의 여신님. 내가 여태까지 단 한 번도 경험하지 못한 '근접 모드'의 리멘은 가히 충격적이기 그지없었다.

"시우, 뭘 그렇게 놀라?"

"안 놀라는 게 더 이상한 상황 아닐까?"

"내가 아무 이유 없이 주신좌에 올랐을 리가 없잖아!"

"이렇게 잘 싸우면 마왕 놈들도 직접 처리했으면 됐……."

"신은 운명을 알려 주는 자일 뿐. 운명을 거슬러서는 안 돼. 하여간에 거기엔 복잡한 사정이 있으니까 나중에 얘기하자!"

이건 일종의 이인삼각 경기였다.

원래는 한쪽 발씩 묶고 달리는 게 이인삼각이겠지만, 이번에는 그냥 손을 계속 잡고 있을 뿐이다.

손을 놓고 싸우는 게 더 편하겠지만, 리멘이 내 손을 꽉 잡고 있는 데에는 그만한 이유가 있겠지.

이런 내 궁금증을 눈치챈 걸까?

리멘은 길을 뚫으면서 말했다.

"플루토는 불완전하지만 주신좌에 올랐어. 플루토의 힘으로부터 시우를 보호하려면 이 방법뿐이야. 손을 잡고 격을 공유하는 것만큼 확실한 보호막은 없지."

"계획은?"

"플루토를 소멸시킨다."

"어떻게?"

"잘."

맞잡은 손을 통해 리멘의 신성력과 격이 몸으로 흘러 들어온다.

다른 신성력들과는 달리, 리멘의 신성력은 내 회색빛 신성력과도 부드럽게 융화된다.

내 격의 기반이 리멘이기 때문일까?

그래서 그녀와 손을 잡고 있는 지금만큼은.

콰아아아아앙–!

나는 마음껏 내가 하고 싶은 일을 펼칠 수가 있다.

그것도 지상에서보다 더 강력한 수준으로.

주먹을 대강 휘두르자 천사 나부랭이들이 알아서 쓸려 나간다.

하지만 가장 위협적인 건 저딴 천사 나부랭이들이 아니다.

파아아아앙-!

높은 권좌 위에서 우리를 향해 심심하다는 듯이 에너지를 쏘아 대는 저 플루토 놈, 저놈이 가장 큰 위협이었다.

마치 우리를 장난감처럼 취급하는 놈.

당장에라도 거리를 좁혀 들어가면서 목을 따 버리고 싶었지만, 평소처럼 격을 이용해서 공간을 접히는 건 불가능했다.

"주신좌로 선출된 순간, 이곳은 저 녀석의 홈그라운드가 된 거야. 주신의 허락 없이는 함부로 성역을 훼손할 수 없어. 그나마 다행인 건…… 아직 테라가 주신으로서의 힘을 완전히 상실하지는 않았다는 거."

그때였다.

우리 뒤쪽에서 가만히 타이밍을 엿보고 있던 테라가 드디어 움직이기 시작했다.

그녀는 회색빛의 날개를 펼친 채로 플루토를 향해 쇄도했다.

그 속도가 얼마나 빨랐던지, 마치 섬광과도 같은 속도였다.

그녀는 손에 푸른색의 망치를 든 채로 플루토와 격돌했다.

그리고 플루토 역시 기다렸다는 듯이 바닥에서 검은색의 창을 뽑으면서 외쳤다.

"배신자의 수급을 직접 챙길 수 있다는 건 아주 영광스러운 일이야! 테라, 네 배신의 대가를 지금에서야 치르게 생겼구나!"

플루토의 창과 테라의 망치가 거세게 충돌한다.

쿠우우우우우웅-!

대신전 전체가 뒤흔들린다.

단순히 신전이 흔들린 게 아니라, 공간 전체가 비틀린다.

그 둘이 뿜어내는 신성력과 격이 쉴 새 없이 충돌하며 끔찍할 정도의 에너지들이 뿜어져 나오기 시작했다.

그 에너지들은 나와 리멘을 가로막던 천사들조차도 곤죽으로 만들어 버렸다.

"가자, 시우."

공간을 비틀어 버리는 에너지 속에서도 나는 멀쩡했다.

그것은 오로지 리멘의 힘이었다.

리멘은 그 압도적인 힘 속에서도 내 손을 이끌고 나아간다.

계단을 오른다.

거북할 정도로 찬란하게 치장된 신전의 계단을, 그녀의 손을 잡고 천천히 올라간다.

"시우, 예전에 말이야, 테라랑 무슨 계약을 맺은 거냐고

물어봤었지?"

그녀의 질문에 나는 천천히 고개를 끄덕였다.

"이제 말해 줄 생각인 거야?"

"때가 된 것 같으니까."

"말해 줘."

콰아아아아아아앙—!

주신좌에서 쉴 새 없이 거대한 파동이 터져 나온다.

처음에는 비등비등한 싸움이었으나, 어느새 플루토가 테라를 일방적으로 몰아가기 시작했다.

플루토가 휘두르는 창이 테라의 몸 곳곳에 깊숙한 상처를 남긴다.

플루토도, 리멘도, 그리고 테라도.

이곳의 신격들은 모두 다 본체.

지상에서 봤을 때처럼 누군가의 몸을 빌렸거나, 잠시 현신한 게 아니다.

리멘은 그 모든 전투를 눈에 담으면서 계속해서 앞으로 나아갔다.

그리고 그녀의 입에서 내가 지금까지 듣고 싶었던 이야기들이 흘러나오기 시작했다.

"너를 데려가는 대가로 내 힘을 빌려주기로 했어. 일종의 고리대금이었지. 나는 테라보다 더 다급한 상황이었으니까. 그 당시의 나는 그저 멸망해 가던 세계의 신이었고, 그녀는 이 큰 세계의 주신이었잖아."

"네 힘을 빌려준다는 게 잘 이해가 안 되는데."

지금처럼 함께 싸워 주는 게 그 '대가'라는 생각은 하지도 않는다.

애초에 그런 조건이었다면 리멘이 나에게 지금까지 숨겼을 이유가 없으니까.

리멘은 희미하게 웃으면서 고개를 끄덕였다.

"간단해. 시우가 에덴을 구원하고, 내가 에덴의 주신이 되면서 얻게 된 모든 힘을…… 지구를 구원하는 데 사용한다는 계약이었지."

불안했다.

그녀가 왜 이제 와서 그런 말을 하는걸까?

나는 마음속에서 치솟는 불안감을 애써 억누르며 그녀에게 물었다.

"그러니까 어떤 방식으로?"

"격을 소멸시키는 방법에 대해서 알아?"

일단 가장 먼저 떠오르는 방법은 상대의 격을 남김없이 흡수하는 거다.

일전에 고대 신들의 하위 신격들도 그러한 방식으로 소멸을 시켰으니까.

"흡수."

"맞아, 가장 효율적인 방법이지. 그리고 그건 테라의 계획이기도 했어. 유신혁, 그자가 시우의 대안이었던 이유 중 하나야."

내가 실패할 것에 대비한 보험.

나와 정반대에 서 있는 자가 내 대안이었다는 소리를 들으니 기분이 이상하리만큼 불쾌했다.

한데 뭔가 이상했다.

'테라의 계획'이라고 말하는 걸 보면, 리멘에게는 다른 계획이 있는 게 아닐까?

"테라에게 있어서 시우는 아주 훌륭한 그릇이야. 지구의 격을 흡수할 수도 있고, 동시에 내 격도 온전히 받을 수 있으니까."

나로 하여금 모든 상황을 종결짓게 하는 것.

……그것이 테라의 계획이었던 걸까?

그제야 난 예전에 한순간 스쳐 지나갔던 '나'를 떠올렸다.

엄청난 격을 지녔던 미래의 나.

그 미래의 내가 어째서 그런 힘을 지니게 되었는지를 이제야 깨달았다.

그 녀석이 어째서 소멸을 각오하면서까지 나에게 말을 전하려 했는지도, 모두 다 깨달았다.

"리멘."

"시우가 짐작하는 게 맞아. 지금 플루토는 주신에 오르면서 다른 신격의 격까지 모조리 흡수했어. 시우가 나와 테라의 격을 흡수하고, 저 녀석의 신격까지 흡수해 버리는 거지."

내가 고대 신이나 다를 바 없는 괴물이 되었던 이유.

그 이유를 이제야 깨달았다.

지금의 플루토는 불완전하다.

테라와 리멘의 힘을 고스란히 흡수한다면 충분히 제압할 수 있는 수준.

결국 그 말은.

"내 손으로 너를…… 흡수하라는 거잖아."

내가 직접 리멘을 소멸시키라는 소리다.

내 말에 리멘은 그저 웃으면서 고개를 끄덕였다.

"시우가 원한다면 그래도 좋아. 가장 가능성이 높은 방법이니까."

말도 안 되는 소리.

내가 지켜야 할 것에는 리멘도 포함되어 있다.

하지만 나는 쉽사리 거절하지 못했다. 내가 보더라도 그것이 가장 가능성이 높은 계획이었으니까.

그녀 하나를 포기하고, 나머지 모든 걸 지킬 수 있다.

그것만큼 처절하면서도 거절하기 힘든 이유가 어디에 있을까?

콰아아아아아앙—!

플루토와 테라의 전장에 도착하기까지 고작 스무 계단이 남았다.

리멘은 잠시 자리에 멈춰 선다. 그리고 내 두 눈을 바라보며 말했다.

"시우는 에덴을 구하고, 지구로 돌아왔어. 시우는 에덴이 지금 어떻게 변해 가고 있는지 보지도 못하잖아? 나는 시우가 지켜 낸 세상이 얼마나 아름답게 변해 가고 있는지, 꼭 보여 주고 싶어. 만약 테라의 계획대로 된다면…… 시우는 이번에도 시우가 지켜 낸 세상이 어떻게 변해 가는지 볼 수 없을 거야."

"……왜?"

"한 존재에게 끔찍할 정도로 격이 몰려 있는 걸 인과율이 가만히 두고 볼 리가 없잖아."

장난스럽게 나에게 속삭이는 리멘.

"네가 지켜 낸 세상에 가장 중요한 네가 없는 건 말이 안 되잖아, 시우. 평생 희생하면서 호구처럼 살 거야?"

"나는…….."

"미리 말하지만, 나는 그 꼴 못 봐."

리멘은 내 손을 더 꽉 잡는다.

나는 그녀가 내 손을 꽉 잡는 이유를 깨달았다.

그녀는 내 손을 꽉 잡음으로써 자신의 손이 떨리는 걸 숨기려고 한다.

"시우는 시우가 지켜 낸 세상에서, 시우가 지켜 낸 사람들과 행복하게 살아야 해. 그게 내가 원하는 해피 엔딩이야. 그러니까 시우, 지금부터 내가 하는 말 잘 들어."

리멘은 나에게 자신의 '계획'에 대해서 말했고, 나는 그 계획을 가만히 귀담아들었다.

모든 걸 나를 위해 포기하려는 그녀의 계획을 들으며 속에서 끓어오르는 말을 애써 참았다.

내가 지키려는 세상에 왜 당신이 없냐고.

하지만 나는 끝까지 그 말을 할 수가 없었다.

❧

전장에 들어선다.

주신으로서의 힘을 **빼앗겨** 가고 있는 자.

주신으로서의 힘을 **빼앗아** 가고 있는 자.

그 둘의 치열한 싸움이 대신전 곳곳에 엄청난 균열들을 야기시킨다.

우우우우웅—.

곳곳에서 수많은 에너지들이 느껴지기 시작한다.

격이 충돌하면서 남긴 상처 틈으로 혈액처럼 다른 차원의 힘이 스며든다.

리멘은 내 손을 꼭 잡은 채로 그 전장의 한가운데로 나를 이끈다.

그녀는 아주 천천히 손을 내려친다.

그러자 거대한 빛의 벽이 생겨, 플루토와 테라 사이를 가로막는다.

전투는 빠른 속도로 소강상태에 접어든다.

그 둘은 갑자기 끼어든 불청객들을 동시에 바라보았다.

"언제 끼어드는지 궁금했어. 그래, 이 의미도 없는 전투에 끼어들기로 각오하셨나, 작은 차원의 주신?"

"너랑은 딱히 할 말 없고. 테라."

리멘은 플루토를 가볍게 무시하며 테라를 바라보았다.

테라는 나와 리멘을 번갈아 쳐다보다가 미소를 지었다.

그녀의 몸 곳곳에는 플루토가 남긴 상처들이 가득하다.

그리고 그 상처에서 회색빛 가루들이 휘날리고 있었다.

"결국, 쉬운 길을 놔두고 어려운 길로 돌아가려고 하네. 사랑에 미쳐도 너무 미친 거 아닐까?"

"애초에 이 길뿐이었어."

"한배를 탄 내가 미친년이지. 어휴, 그래…… 뭐, 네가 그렇게 선택을 했으니까, 파트너 소원은 들어줘야지."

테라는 빠르게 내 앞으로 다가왔다. 그리고 내 앞에 마주서며 말했다.

"나에게 좋은 감정 없다는 것쯤은 알고 있으니까, 긴말은 안 한다. 자, 여기가 이 이야기의 마지막이야. 이제 선택권은 너에게 넘어가. 네가 무척이나 사랑하는 너의 세계를 네 손으로 지킬 기회."

그녀는 내 남은 한 손을 잡고 자신의 복부에 난 상처에 가져다 댄다.

손을 통해 그녀의 막대한 신성력과 격이 전해져 온다.

나는 그녀가 무슨 짓을 하는지 단번에 깨달았다.

자신의 힘을, 자신을 유지하고 있던 그 모든 힘을 나에게 건네주고 있었다.

"솔직히 좀 후련하네. 무거운 짐을 이제야 내려놓는다. 뭐, 이제 이딴 세계 멸망하든 멸망하지 않든, 될 대로 되라지."

"끝까지 제멋대로네."

"어차피 어떤 루트였어도 나는 이런 최후를 맞이했을 거야. 그러니까 막 감동받지는 말고."

테라의 몸이 천천히 흐려지기 시작한다.

인과율의 관리자.

나를 에덴으로 넘겨 버렸던 존재.

나에게 있어서 좋은 말이 나올 수가 없는 존재였으나, 어찌 보면 지금의 나를 만드는 데 가장 큰 기여를 했던 신격.

그녀는 처음 봤었을 때 보여 주었던 그 오만한 표정을 지으며 말했다.

"그동안 정말 고마웠고, 정말 미안했다."

그녀의 모든 힘이 내 몸속으로 흘러 들어온다.

그 힘은 원래 내 것이었던 것처럼 부드럽게 내 안에 자리 잡았다.

그때, 플루토가 창을 높이 들며 쇄도해 들어왔지만, 리멘이 흩뿌린 꽃잎이 잠시나마 플루토의 발을 묶었다.

테라는 그런 리멘을 바라보며 작게 한숨을 내뱉었다. 그리고 나를 향해 가볍게 오른쪽 눈을 윙크하며 말했다.

"그래서 내가 따로 선물을 준비해 뒀으니까, 나중에 꼭 수령해라. 믿음직한 일꾼에게 부탁해 뒀어."

그 말로 끝.

"나 간다."

마지막 회색빛 가루 한 줌을 끝으로, 그녀의 존재가 이 공간에서 지워졌다.

나는 손끝에 살짝 묻은 테라의 흔적을 조심스럽게 움켜쥐었다.

여태껏 그녀가 짊어지고 있던 모든 짐이 나에게 넘어왔다.

그리고 이제는 내가 그 책임을 대신할 시간이었다.

버겁지는 않았다.

내 옆에 리멘이 있었으니까.

그렇기에 나는 플루토를 향해 왼쪽 검지를 까딱였다. 그리고 한쪽 입꼬리를 올리면서 말했다.

"자, 이제 끝을 봐야지?"

내가 제일 잘하는 걸 할 시간이었다.

종장

　테라의 힘을 사용하는 건 그리 어렵지 않았다.

　내 몸속에 깃든 테라의 힘은 마치 원래부터 내 것이었던 것처럼, 완벽하게 내 지시에 따른다.

　우우웅.

　전신에 신성력이 넘쳐흐른다.

　순식간에 증가한 격 역시 빠른 속도로 퍼지면서 플루토의 압박으로부터 나를 자유롭게 해 주었다.

　이 힘을 가지고 리멘과 힘을 합쳐서 플루토를 소멸시킨다.

　나는 그것만이 이 상황을 끝낼 수 있는 유일한 답이라는 것을 깨달았다.

　"테라, 불쌍한 나의 배신자. 너 따위에게 모든 것을 물려 주면 뭔가 달라질 줄 알았던 건가?"

플루토는 자신의 창끝을 손으로 가볍게 쓸어내리면서 미소를 지었다.

주신으로서의 격.

다른 고대 신의 모든 격까지 흡수한 플루토에게서는 여유마저 느껴진다.

나는 조용히 플루토의 두 눈을 바라보았다.

시스템 관리자 권한 계승 완료.
비정상적인 계승이었으나 인과율이 해당 계승을 묵과합니다.

눈앞에 여러 가지의 메시지창이 떠오른다.

성역에 접근하자마자 정지되었던 시스템이 드디어 재가동하기 시작했다.

시스템이 활성화되니 보다 침착하게 내 상태를 들여다볼 수 있었다.

"작은 세계의 주신은 오늘 자신의 소중한 연인을 잃겠구나. 안타까운 일이야."

플루토는 여유로운 발걸음으로 나를 향해 다가온다.

나는 크게 숨을 들이쉬면서 리멘을 바라보았다.

"리멘, 이거 손……."

한쪽 손을 묶인 채로 전투를 벌이는 건 여러모로 불편한 일이다.

안 그래도 열세인데, 핸디캡까지 지닌 채로 싸울 수는 없었다.

리멘은 내 말에 싱긋 웃으면서 조심스럽게 손을 놓았다.

"이따가 다시 잡으면 되니까…… 테라의 격을 계승받았으니, 버틸 만할 거야, 시우."

리멘과 손을 놓자마자 플루토의 격이 더욱 위압적으로 다가왔다.

하지만 제법 버틸 만했다.

싸우기에 딱 적당한 긴장감이랄까?

나는 가볍게 몸을 풀면서 플루토를 노려보았다.

지난번에는 체급 차이로 인해 일방적으로 당했지만, 지금은 아니다.

"이제 좀 할 만하겠네."

컨디션은 최고다.

몸도 가볍고, 기분도 적당하다.

이번 전투에서 심판의 검은 들지 않기로 했다. 어중이떠중이들 상대로는 굉장히 효과적이었으나, 플루토 같은 존재에게는 사실상 무의미하다.

어색한 무기는 그저 내 전투만 방해할 뿐.

건틀릿도 마찬가지.

그래서 나는 주머니에서 검은색 장갑을 꺼내서 꼈다.

"역시, 시우는 장갑을 끼고 있을 때가 제일 섹시해."

리멘은 내 손을 만지작거리면서 해맑게 미소를 지었다. 나는 그런 그녀의 칭찬에 멋쩍게 웃으면서 고개를 끄덕였다.

"나 혼자서 싸워?"

"그럴 리가. 같이 싸울 거야."

"템포 따라올 수 있겠어?"

"에덴에서 항상 시우의 옆에 있었는걸. 그리고 시우가 싸움 잘하는 거, 누구 닮은 것 같아?"

"이제야 내 싸움 실력의 비밀을 알게 된 것 같네."

이 세상에서 그 누구보다 나를 잘 이해하는 존재를 뽑으라고 한다면 단연코 리멘이다.

최후의 전투였음에도 긴장되거나 하지 않는다.

오히려 덤덤하다.

어쩌면 나는 아주 오랫동안 이 순간을 기다렸던 걸지도 모르겠다.

이 전투의 끝에 무엇이 나를 기다리고 있든, 지금은 생각하지 않기로 했다.

나는 크게 숨을 뱉어 냈다. 그리고 곧장 플루토를 향해서 쇄도했다.

"오너라."

플루토의 창끝이 단번에 내 심장을 찔러 온다.

살짝 가슴을 비틀어 창의 궤도를 피하려는 순간, 녀석의 창끝 역시 뱀의 혀처럼 뒤틀리면서 집요하게 쫓아왔다.

피하는 건 불가능하다.

그렇다면 내가 해야 할 일은.

푸우우욱.

그냥 맞아 주는 거.

창끝이 내 가슴팍을 찔러 들어온다. 그러나 그 순간, 나는 빠르게 신성력을 끌어올리면서 환부 주위를 재생시켰다.

신성력을 머금은 근육에 창끝이 단단하게 잡힌다.

플루토가 짜증을 내며 창을 빼내려고 했지만, 녀석은 원하는 대로 할 수가 없었다.

이 좋은 기회를 내가 놓칠 것 같아?

"트롤한테 배운 거다."

"……뭐?"

"급속 재생시켜서 적 무기 먹어 버리기. 트롤의 몸에 주먹을 꽂아 넣었다가 옴짝달싹 못 했던 경험은 누구나 있잖아?"

"이런 미친놈을- 커허어어억!"

콰지지지직.

퍼어어어엉-!

플루토가 창에서 손을 놓고 뒤로 빠지려는 순간, 나는 녀석의 목을 두 손으로 움켜잡은 채로 녀석의 대가리에 곧바로 니킥을 먹여 줬다.

내 무릎이 녀석의 머리에 닿는 순간, 폭음이 터져 나오며 플루토의 몸이 허공으로 높게 떠올랐다.

거기에서 끝이 아니다.

"토스."

나는 허공에 떠오른 플루토를 바라보며 히죽였고, 뒤쪽에서 리멘이 가볍게 뛰어올랐다.

그녀는 손을 깍지 낀 채로 들어 올렸다. 그리고 있는 힘껏 플루토의 몸을 내려쳤다.

"스파이크."

콰아아아아아아아앙.

플루토의 본체가 대신전의 바닥에 꽂힌다.

순식간에 대신전의 중앙에 거대한 크레이터가 생겨난다.

먼지 하나 없었기 때문에 플루토의 상태가 고스란히 노출된다.

깊은 구덩이 속.

그 안에서 플루토는 두 팔로 바닥을 짚은 채로 크게 웃음을 터뜨렸다.

"재밌구나. 우리를 쫓아냈던 그 짐승 놈들보다 훨씬 재밌어."

짐승 놈들이라고 한다면, 아마 지금쯤 지상의 전투에 합류했을 영물들을 의미하는 것일 테지.

하지만 잠시 후, 플루토의 입에서 회색빛의 피가 뿜어져 나왔다.

그리고 그제야 플루토의 얼굴에 깃들어 있던 여유가 사라졌다.

플루토는 바닥에 뿌려진 자신의 피를 손으로 쓸었다. 그리고 잔뜩 화가 난 목소리로 소리쳤다.

"리멘, 넌…… 처음부터 이럴 생각이었던 건가? 지구는 나의 세계다. 에덴의 주신인 네가 간섭할 세계가 아니란 말이다!"

모르긴 몰라도 리멘의 공격이 꽤 큰 피해를 준 것 같다.

내가 플루토의 목소리를 들으며 곧장 공격을 이어 가려던 찰나, 녀석의 입에서 내 신경을 건드리는 말이 튀어나왔다.

"주신에 오른 존재가 자폭을 하려고 해? 네 조그마한 세계 따위는 버릴 생각인가?"

리멘이 지금까지 나에게 모든 사실을 숨기려고 했던 이유.

내 스스로 계속 부정했지만, 난 이미 저 이야기에 대해서 짐작하고 있었을지도 모른다.

덤덤하다.

리멘이 희생할 생각이라는 걸 귀로 들었음에도, 그저 덤덤할 뿐이다.

"탐욕에 물든 신격만큼이나 위험한 게 어디에 있을까. 왜, 같이 죽을 생각을 하니까 겁이 좀 나나?"

"테라나 너나, 둘 다 멍청해도 너무 멍청하다. 지상의 피조물들에게는 절대자가 필요하다. 위대한 존재가 직접 이끌어 주는 것만큼 완벽한 질서가 어디에 있지?"

"그래서 너를 싫어하는 거야."

리멘의 몸에서 새하얀 불꽃이 솟아오른다.

그녀의 신성력이, 그녀의 격이 불꽃이 되어 타오른다.

한 차원의 주신으로서 발휘할 수 있는 모든 힘.

그 힘이 단숨에 뿜어져 나오기 시작했다.

"시우."

불꽃 속에서 리멘이 나에게 말했다.

"아까 내가 격을 소멸시키는 마지막 방법에 대해서 따로 안 알려 줬지?"

하늘이 성화로 물든다.

곳곳에서 아지랑이가 피어올랐으나 리멘의 형상만큼은 또 렷했다.

"동등한 격을 지니고 있다면, 등가교환을 통해서 격을 소 멸시킬 수 있어. 테라가 건네준 격과 내 격을 합치면…… 저 불완전한 주신 정도는 충분히 소멸시킬 수 있을 거야."

언제부터 이런 결말을 생각했던 걸까?

나는 리멘의 말에 아무런 대답도 할 수 없었다.

그녀가 지키려는 세상에 그녀가 포함되지 않았던 이유를 이제야 깨달았다.

"마지막까지 나와 함께해 줄 거지?"

리멘은 환하게 웃으면서 내게 말했다.

그녀가 여태껏 나에게 했던 질문 중 가장 대답하기 싫은 것이었다.

괴롭다.

그러나 그녀가 이미 결심했다는 것을 알기에, 내가 할 수 있는 대답은 하나뿐이다.

"물론."

고개를 끄덕이며 여신의 뜻을 따르는 것, 그뿐.

나는 힘겹게 웃으면서 고개를 끄덕였다. 그러자 잠시 후.

화르르륵-!

하늘에서 빗발치기 시작한 새하얀 화염들이 내 몸속으로 빨려 들어오기 시작했다.

리멘의 순수한 신성력, 격.

그 모든 것이 나에게 깃든다.

리멘의 형상이 순식간에 사라졌지만, 그녀는 테라처럼 소멸한 게 아니었다.

"함께 가자."

귓가에 리멘의 목소리가 울려 퍼졌다.

"혼자 두지 않아. 약속할게."

리멘의 마지막 신탁.

한때는 원망했으나, 지금은 내가 사랑하는 존재의 마지막 부탁.

나는 그 부탁을 기꺼이 받아들였다.

화르르륵.

오른손에서는 회색빛의 성화가 타올랐고, 왼손에서는 새하얀 성화가 타올랐다.

"그래, 가자."

두 빛깔의 성화를 몸에 휘감은 채로 앞으로 달려 나갔다.

내 몸을 휘감은 불꽃은 그 어느 때보다 따스했다.

❧

내가 가진 모든 수단을 동원해서 플루토에 맞선다.

푸우우욱—.

라파엘이 만들어 줬던 무기 중 가장 내가 애용했던 무기, 천망이 리멘의 힘을 담은 채로 플루토의 육신을 꿰뚫는다.

"내 편에 섰다면 더 좋았을 것을."

플루토는 수십 개의 팔을 만들어 내며 수십 기의 천망을 모두 손으로 움켜쥔다.

그의 손에서 뻗어 나오는 빛에 닿는 순간, 인간이 만들어 낸 병기는 모조리 가루가 되어 버린다.

하지만 그거면 충분하다.

녀석의 신경을 분산시켜 준 것만으로도 나에게 큰 도움이 되었다.

콰아아아아앙.

모든 힘을 담아 플루토의 복부에 주먹을 꽂아 넣었다.

손끝에 묵직한 타격감이 전달된다.

"크으으윽."

그러나 플루토는 바닥에 다리를 고정시킨 채로 그 충격을 고스란히 견딘다.

타격이 없는 건 아니다.

주먹을 녀석의 복부에 꽂아 넣을 때마다, 녀석의 격이 빠르게 줄어든다.

그러나 그건 나도 마찬가지였다.

플루토의 격을 소멸시키는 만큼 내 몸속의 격도 함께 소멸하고 있었으니까.

"한 가지를 또 제안하지."

"아가리 다물어."

"여기서 멈춘다면 그간의 무례는 모두 용서해 주겠다. 절반, 지구의 절반을 너와 네 여신에게 주마. 주신의 권능도 반씩 나눠 가졌으니 충분히 가능한 이야기다."

"아가리 다물라고."

플루토는 슬슬 급한 듯 보였다.

공멸이다.

이대로 시간이 흐른다면, 녀석은 리멘과 공멸한다.

그 사실은 이미 나도 알고 있다. 그러나 나는 스스로를 희생하면서까지 나를 지켜 주려는 리멘의 마음도 무시할 수 없었다.

콰아아아앙.

다시 한번 주먹을 꽂아 넣었다.

지금까지 꽤 버티던 플루토의 몸이 저 멀리로 튕겨 나갔다.

플루토가 어째서 나를 적극적으로 공격하지 못하는지, 그건 일찍이 깨달았다.

내가 저 녀석을 공격할 때마다 격을 상실하듯, 저 녀석 역시 마찬가지다.

나를 공격하는 건 스스로의 격을 깎아 내는 행위였으니까.

플루토와 리멘의 차이라면 딱 한 가지다.

플루토는 계속해서 신격으로서 존재하고 싶어하지만, 리멘은 플루토와 함께 소멸할 생각이다.

소멸을 피하려는 자와 이미 소멸을 선택한 자.

그 둘의 차이는 확연할 수밖에.

"나는 괜찮아."

리멘의 목소리를 애써 묻으면서 앞으로 달려 나갔다.

땅을 딛고 뛰어올랐다.

그리고 볼품없게 땅에 처박혀 있던 플루토의 몸 위로 뛰어들었다.

그때였다.

화아아아아악.

플루토의 몸에서 칠흑 같은 어둠이 뿜어져 나오기 시작했다. 어둠은 순식간에 주위의 빛을 게걸스럽게 잡아먹었고, 그 속에서 플루토의 목소리가 들려왔다.

"말로 해서는 듣지 않겠구나. 어쩔 수 없지. 끝이 없는 어둠을 너에게 선물하마. 그 깊디깊은 어둠이 네 영혼을 무저갱까지 끌어내릴 터이니…… 그 어둠이 네 결말이다. 영원에 가까운 시간 동안 그곳에 갇혀 있어라."

그 말을 끝으로.

파아아아아앗.

시야가 암전되었다.

❧

한 치 앞도 분간할 수 없는 어둠.

시간이 흘러가고 있는지조차 알 수 없을 정도로 짙은 어둠이 내 시야를 가린다.

이 어둠을 마주하고 있으면 자연스레 죽음이라는 단어가 떠오른다.

아무것도 보이지 않는다는 것이 원래 이리도 두려운 걸까?

나는 손을 뻗어서 어둠을 휘적거렸다.

그러나 그 손조차 보이지 않는다.

"하."

가볍게 탄식을 내뱉었다. 그러나 그 탄식조차 어둠과 적막함에 뒤덮인다.

주위에서 아무것도 느껴지지 않는다.

방금 전까지 내 몸속에서 꿈틀거렸던 격조차 이 어둠 속에 잡아먹힌 것만 같다.

가만히 서 있을까, 앞으로 나아갈까 잠시 고민했다. 그러다 결국, 나는 천천히 발을 앞으로 내디뎠다.

이곳은 플루토가 만들어 낸 세계.

아니, 어쩌면 그 녀석이 유배당했던 세계일지도 모른다.

출구는 어디일까?

두려움 따위 느낄 시간이 없었다.

빨리 이 어둠 속을 나아가 플루토를 소멸시켜야 한다.

화르륵.

그때, 내 왼손에서 새하얀 불꽃이 피어올라 어둠 속을 밝힌다.

어둠은 그 불꽃조차 잡아먹으려 했으나, 맹렬히 타오르는 불꽃은 어둠을 거뜬히 이겨 낸다.

그제야 이곳의 풍경이 눈에 들어온다.

그으으으으.

검은색으로 물들어 있는 땅.

땅 곳곳에서는 점액질로 만들어진 팔이 튀어나와 힘없이 허우적댄다.

지옥이라는 게 정말 있다면, 이곳이 바로 지옥이 아닐까?

"시우."

귓가에 리멘의 목소리가 희미하게 울려 퍼졌다.

"이곳에 오래 있으면 안 돼."

"여기는 어디야?"

"플루토가 지구에 있을 때 관장했던 세계. 지구의 모든 영혼들이 안식을 맞이하는 곳. 그리고 이제는…… 부서져 가는 세계."

리멘은 허공에 작은 태양 같은 불꽃을 피워 올렸다.

그러자 오로지 흑색으로만 가득했던 세계가 색깔을 부여

받기 시작했다.

이곳에서 지상에서의 다채로운 빛깔은 찾아볼 수 없었다.

흑색, 회색.

칙칙한 색깔로 가득 찬 이곳에는 희망이라고는 전혀 찾아
볼 수 없었다.

ㄱㅇㅇㅇㅇㅇ.

다시 한번 신음 소리가 울려 퍼졌다.

영혼이 안식을 맞이해야 할 장소였음에도 이곳에는 오로
지 고통과 절망뿐이었다.

"나갈 수 있을까?"

출구 따위는 전혀 보이지 않아 리멘에게 물었다.

그러자 리멘은 부드러운 목소리로 대답했다.

"물론. 너를 죽이는 건 포기했고, 버려진 세계로 던져 버린
걸 보면, 싸우기는 싫다는 거지. 시우와 나를 이 세계에 가둬 둔
채로 주신좌를 공고히 하고 싶은 걸 거야."

한마디로 이길 자신이 없다는 뜻이다.

그건 아주 당연하다.

녀석은 지구의 주신이 되기를 원한다. 그런 상황에서 우리
와 동귀어진을 하는 건 극히 피하고 싶었을 거다.

그래서 이 세계에 우리를 던져 버린 거다.

우리 교황님 좀
말려 주세요

파아아앗.
흑색 땅 위에 성화로 만들어진 길이 생겨났다.

"그 길을 따라가."

나는 고개를 끄덕이며 그 길 위를 걸어갔다.
한 발자국, 또 한 발자국.
이 세계 위에 내 발자국이 남겨질 때마다 서서히 망자들의
비명이 귓가를 파고들었다.

편……하게…….
우리가 왜…….
구……해…… 줘…….

그 목소리는 내 머릿속을 집요할 정도로 괴롭힌다.
바닥에서 뻗어 나온 앙상한 팔들이 내 다리를 부여잡는다.

"우리가 저 망자들에게 선사할 수 있는 안식은 오로지 하나
뿐이야. 플루토를 소멸시키면 이 세계는 사라질 거야."

"리멘."

"응."

"처음부터 이럴 생각이었어?"
내 질문에 리멘은 부드러운 목소리로 답했다.

"나에게는 처음부터 그 방법뿐이었으니까."

"왜?"

"나는 시우가 행복하기를 바랐어. 시우가 사랑하는 사람들과
아주 오랫동안 그 행복을 만끽하기를 바라고 있어. 지금까지 나
는 시우 덕분에 너무나도 행복했으니까."

발걸음을 내딛는다.
사방에서 들려오던 비명과 신음 소리도 조금씩 리멘의 목
소리에 묻힌다.

"시우가 이 모든 업을 짊어지고 스스로를 잃어 가는 모습을
보고 싶지 않아. 아까도 말했지? 시우가 지켜 낸 세상에는 시우
도 있어야 한다고. 그걸 위해서는 이 방법뿐이야."

"……그 세상에는 네가 없는데."

많은 시간을 함께 보낸 존재다.

처음에는 그녀를 원망했으나, 지금은 그녀에게 온통 고마운 것뿐이다.

결국, 그녀 덕분에 내 가족들을 지킬 수 있는 기회를 얻었으니까.

그녀는 이미 내 삶에서 너무나도 큰 부분을 차지한다.

내가 지금 누리고 있는 것들 대부분이 결국 그녀로부터 왔다.

"시우."

"리멘이 생각하는 것만큼 내가 그렇게 행복하진 않을 거야. 그것만 알아 둬."

그녀가 사라질 거라 생각하니까 가슴이 아려 온다.

이렇게나 가슴이 아려 왔던 적이 있나 싶을 만큼, 누군가 내 심장을 날카로운 검으로 잔뜩 헤집는 것만 같다.

아까 플루토가 내 심장에 꽂아 넣었던 창도 지금처럼 아프진 않았다.

하지만 나는 계속 앞으로 나아갔다.

나만 아픈 게 아니다.

남겨지는 자.

남겨지는 자를 홀로 내버려 둔 채로 떠나려는 자.

그 둘 중 누가 더 아픈지 따지는 것만큼 멍청한 짓이 또 어디에 있을까?

그렇기에 앞을 향해 걷는다.

나의 여신이, 내가 사랑하는 존재가 내린 결정이기에 묵묵히 따른다.

결국, 이 모든 선택은 그녀가 나를 사랑하기에 내린 결정일 테니까.

"내가 마지막으로 해야 할 건?"

"플루토를 붙잡아 줘. 그 어디로 도망가지 못하게, 꽉 붙잡아 줘. 그거만 해 주면 돼. 아, 다 도착했다."

어느새 내 앞에는 깊이를 알 수 없는 깊은 구덩이가 보였다.

그야말로 무저갱.

바닥이 없는 구덩이.

그러나 그 구덩이 너머에서는 희미하게나마 플루토의 신성력과 격이 느껴지고 있었다.

이 구덩이가 지구와 연결된 유일한 통로라는 것을 깨닫는 건 그리 어렵지 않았다.

"원래는 영원에 가까운 시간 동안 이 땅을 헤매야 하는

데…… 다 내 도움인 거 알지?"

리멘은 장난스러운 목소리로 나에게 속삭였다.

그러나 나는 그녀의 목소리에서 슬픈 감정을 느꼈다.

그녀는 애써 무덤덤한 척을 하고 있었다. 그렇기에 더 이
상 그녀에게 뭐라고 책망할 수조차 없었다.

지금부터 내가 해야 할 일은 단 한 가지다.

내가 사랑하는 여신이 마지막으로 결심한 일을 이루어 주
는 것.

"고마워, 리멘."

모든 진심을 담아 그녀에게 말했다.

그녀는 지금처럼 언제나 내 삶의 이정표를 제시해 주었
다.

어떤 길을 걸어야 하는지, 어떤 길로 가야 내가 목적지에
도착할 수 있는지, 그 모든 것들을 친절하게 알려 주었다.

"마지막 산책이 끝났어."

이만하면 충분하다.

나는 리멘의 말에 고개를 끄덕이며 답했다.

"끝내러 가자."

"응."

한 치의 망설임도 없이 그 깊은 무저갱 속으로 몸을 던졌
다.

모든 걸 끝낼 시간이었다.

⚜

다시 눈을 떴을 때, 아까 전의 대신전이 보였다.

주신좌에는 플루토가 여유로운 표정으로 앉아 있었다. 나
와 리멘이 빠르게 복귀했음에도 불구하고 말이다.

"지구의 시간으로는 4시간이라. 생각보다 빨리 넘어왔구
나."

벌써 4시간이라는 시간이 흘렀나 보다.

나는 플루토가 앉아 있는 주신좌를 바라보며 눈살을 찌푸
렸다.

플루토가 멀쩡해 보여서가 아니다.

플루토의 앞에 익숙한 인간 하나가 쓰러져 있었기 때문이
다.

"벌써 전리품을 챙긴 거냐?"

"저, 잡혔습니다, 교황님. 저 좀 구해 주십쇼."

"그냥 그대로 죽어. 귀찮게 하지 말고."

유신혁.

나와 함께 대신전에 도착했던 유신혁이 아주 형편없이 망가진 몰골로 플루토의 앞에 쓰러져 있었다.

그 꼴이 참 우스웠다.

유신혁 저놈은 미친놈이니까 죽음이 다가와도 웃을 거라 생각했는데, 실제로도 웃고 있다.

플루토는 유신혁의 몸을 걷어차면서 말했다.

"너희는 이 녀석이 누구인지나 알고 데려온 거냐?"

"알 필요 있냐?"

"그래, 알 필요야 없지, 하하하!"

플루토는 유신혁의 목덜미를 잡은 채로 바닥에서 들어 올렸다.

유신혁의 다리를 타고 피가 뚝뚝 떨어져 내린다. 몸 곳곳에 치명적인 부상을 입고 있어서 가만히 내버려 둬도 금방 죽을 것처럼 보였다.

그럼에도 유신혁의 얼굴에서는 웃음이 떠나질 않는다.

마치 이 상황을 기다렸다는 듯, 광소를 터뜨렸다.

"여러분들은 제가 이 순간을 얼마나 기다려 왔는지 모르실 겁니다."

"한때 우리의 형제였던 놈의 파편이 이놈에게로 흘러들어 갔다. 그놈은 지구의 시간을 관장했던 배신자였지. 크로노스. 지금 생각해도 열이 받는구나. 하지만 이제는 용서할 수

있겠다. 결국, 그놈으로 인해서 우리의 오랜 숙원을 달성할
수 있게 되었으니 말이다."

플루토의 몸에서 이제는 아예 검은색으로 변한 신성력이
흘러나왔다.

음습하고도 징그러운 신성력.

저걸 '신성력'이라고 부르는 것조차 불쾌할 정도로 진득한
힘이, 유신혁의 전신을 덮어 가기 시작했다.

유신혁은 마지막 순간까지 나를 노려본다.

"제가 딱 한 가지 아쉬운 건 이번 생에서 교황님과 많이
못 싸웠다는 겁니다. 한 가지 부탁을 드려도 되겠습니까?"

"말이나 해 봐. 듣기만 하게."

"무덤이나 하나 만들어 주십쇼. 잡초가 무성하고, 관리도
안 되는 무덤. 지나가는 모든 이들이 침을 한 번씩 뱉고 지나
갈 수 있는 그런 무덤 말입니다."

모든 것이 자신의 계획대로 되었다는 듯, 녀석의 얼굴은
홀가분해 보였다.

나는 눈살을 찌푸리며 녀석의 부탁을 곱씹었다.

미친놈이라서 그런가?

마지막 순간까지 영 알 수가 없는 놈이다.

내가 살짝 당혹스러운 표정을 지어서인지, 유신혁이 다시
한번 크게 웃으면서 말했다.

"저같이 저주받은 놈들은 그런 모멸과 증오를 받는 게 마

땅합니다. 교황님도 그렇게 생각하지 않습니까? 제가 용서 받을 생각이었으면 처음부터 그런 짓을 벌이진 않았겠죠."

"너를 반드시 내 손으로 죽이고 싶었는데."

"걱정하지 마십시오. 결국, 당신의 손으로 죽이는 겁니 다."

플루토의 신성력이 유신혁의 전신을 먹어 치운다.

살짝 벌려진 틈.

그 사이로 유신혁의 마지막 목소리가 울려 퍼졌다.

"꽤 즐거웠습니다."

그 말로 끝.

콰지지지직.

유신혁의 몸에서 파육음이 들리면서 플루토가 유신혁을 완전히 잡아먹었다.

그 순간, 플루토의 몸에서 강대한 격이 방출되기 시작했 다.

"시간의 권능도 내 손에 들어왔……."

그러나 그때였다.

플루토의 몸에서 익숙하면서도 불쾌한 또다른 기운이 흘 러나온다.

어두우면서도 강력한 욕망이 느껴지는 에너지.

마기.

그건 분명히 마기였다.

"이 버러지 같은 새끼가 이런 장난질을!"

마기가 본인의 통제에서 벗어났는지, 플루토의 몸에서 마기가 폭발할 듯이 터져 나오기 시작했다.

스으으으으윽.

그 마기에 닿은 대신전이 부식되기 시작했다.

유신혁의 격을 흡수하면서 뭔가 문제가 생긴 걸까?

"트로이 목마. 지구에는 그런 이야기가 있다지? 테라가 나에게 말해 줬어."

어째서 여신들이 유신혁이 이곳에 있는 걸 막지 않았는지, 그제야 깨달았다.

마기는 신성력과 동시에 공존할 수 없다.

그건 아주 당연한 사실이다.

만약 한 존재의 내부에 마기와 신성력이 동시에 존재한다면, 그 존재는 내부에서부터 갈갈이 찢겨 나간다.

그리고 그건 신격조차도 어쩔 수 없었던 모양이다.

"다시 심판의 검을 들어."

어째서 플루토가 유신혁의 힘을 탐냈는지는 묻지 않기로 했다.

우리교황님좀
말려주세요

이것저것 따지면서 싸우기에는 시간이 촉박했기 때문이다.

플루토는 저절로 무너질 놈이 아니다.

시간을 준다면, 어떻게든 마기를 제거하고 본인의 힘을 회복하려 들 터였다.

그리고 회복한 플루토의 힘은 우리가 상상하는 것 이상으로 늘어나 있겠지.

우리에게 주어진 결정적이자 마지막 기회였다.

우우우우웅.

리멘의 말에 따라 검을 소환한다.

마기를 상대로 압도적인 파괴력을 지닌 심판의 검.

그 검신 끝에 나와 리멘의 모든 힘이 담긴다.

유려한 검술?

이제 그딴 건 필요 없다.

그저 우직하게 베어 버리면 된다.

사르르륵.

검을 움켜쥔 내 손 위에 리멘의 손이 부드럽게 놓인다. 나는 입술을 꽉 깨물면서 애써 마음을 진정시켰다.

"사랑하는 나의 교황, 이제 이야기를 끝낼 시간이야."

마침내 그토록 미루고 싶었던 순간이 찾아왔다.

한 번.
딱 한 번이면 된다.

내가 고작 이딴 마기에 휘둘릴 것 같으냐!

플루토의 몸으로부터 폭풍이 쏟아져 나온다.

신성력과 마기가 섞이면서 뿜어져 나오는 엄청난 파동이, 닿는 것만으로도 모든 걸 찢어 버리는 엄청난 파동이 모여 폭풍을 만든다.

우우우웅.

심판의 검에서 흘러나온 리멘의 신성력이 내 몸을 보호한다.

나는 그녀의 힘과 함께 한 발자국씩 앞으로 걸어간다.

"시우."

귓가에 리멘의 목소리가 울려 퍼진다.

"거의 다 왔어."

칠흑 같은 어둠이 사방으로 내려앉는다.

찬란하게 빛나던 대신전의 모습은 이미 온데간데없었고, 그 자리에는 온통 죽음과도 같은 어둠뿐이었다.

플루토의 형상이 일그러진다.

멀쩡하던 형체 곳곳이 어둠으로 물들었고, 몸 곳곳에서 마기가 뿜어져 나온다.

탐욕으로 가득 물든 이가 어떻게든 살아남고자 발악을 한다.

콰아아아아앙ー!

그의 몸에서 흘러나온 마기 덩어리가 내 보호막에 강하게 부딪힌다.

순간적으로 몸이 움찔한다.

유신혁이 그동안 쌓았던 모든 악업이 담겨 있는 마기라서 그런 걸까?

보호막에 흩어지는 마기 속에서 사람들의 비명 소리가 들려오는 것만 같았다.

그러나 나는 그 지옥을 뚫고 앞으로 걸어갔다.

한 발자국, 또 한 발자국.

"시우, 아까 전에 나랑 했던 이야기 기억하지? 마지막까지 내 손을 놓으면 안 돼."

내 손에 맞닿은 리멘의 온기가 느껴진다.

아침 햇살처럼 포근한 그녀의 온기에 나도 모르게 눈가가 촉촉해진다.

슬퍼하고 싶지 않다.

희생을 결심한 그녀가 웃으면서 떠날 수 있게, 나도 웃으면서 보내 주고 싶다.

하지만 그게 마음처럼 안 된다.

사실, 아까부터 눈물이 흘렀다.

리멘 역시 내 눈물을 보고 있겠지만, 그녀는 애써 내 눈물을 무시한다.

"고마웠어."

모든 감정을 억누른 채로 메마른 목소리로 그녀에게 말했다.

그리고 마침내 우리는 플루토의 앞까지 도달했다.

어둠과 빛이 뒤섞이는 시야 속에서 플루토의 금색 눈동자가 나를 바라본다.

그 검을 나에게 꽂으면 네가 사랑하는 모든 걸 잃게 될 것이다. 그게 네 운명이다.

마지막 발악인 걸까?

플루토가 처절한 목소리로 외쳤다.

모든 신격의 힘을 흡수한 너를 인과율이 가만히 두고 볼 것 같나? 네놈은 이 세계에서 추방당해, 차원의 틈을 영원히 유영하게 될 것이다. 그리고 그 형벌은 네놈이 생각하는 것보다 훨씬 끔찍하겠지.

그 말을 무시하고 천천히 검을 든다.
검 끝에서 나와 리멘의 모든 힘이 찬란하게 빛난다.

그 영원의 시간 끝에…… 결국 너도 우리와 같은 결론에 이르게 될 것이다.

"유언 참 멋없네. 오래 산 놈이라 유언도 거창할 줄 알았는데?"

네가 원하는 세계가 존재하려면 내가 있어야만 한다. 지금이라도 마음을 돌려라. 세계의 절반, 아니 구 할을 주겠다. 주신! 네가 주신이 되어라. 주신이 되어서, 나를 종으로 부려라. 격을 소멸시키지 않으면 돼. 그러면 네가 사랑하는 여신과 영원 동안 함께할 수 있지 않나?

내가 마음을 돌리지 않자 플루토의 목소리가 간절해진다.
모두를 내려다보던 새로운 주신은 이미 이 자리에 없었다.

영원에 가까운 삶을 살았음에도 나에게 목숨을 구걸하는 버러지 하나만 있을 뿐.

"그거 알아?"

네놈!

"난 원래 처음부터 격 따위에 관심 없었어. 태어나는 순간부터 무신론자였거든."

김시우우우우우-!

부우우우욱.

있는 힘껏 검을 내리쳤다.

기교도, 화려함도 없이 그저 단순하게 내리쳤다.

우리의 힘이 모두 담긴 검이 불안정한 플루토의 몸을 가른다.

검 끝에 느껴지는 감촉 따위는 없었다.

마치 허공을 벤 듯, 심판의 검은 부드럽게 플루토의 몸을 썰어 버렸다.

심판의 검이 지나간 자리에는 새하얀 선이 남았다. 그 새하얀 선은 플루토의 몸을 정확하게 양분하고 있었다.

잠시 후.

찌저저적.

그 선을 중심으로 새하얀 실금들이 뻗어 나가기 시작했다.

그리고 그 실금들 사이에서 다시 한번 끔찍한 비명들이 터져 나왔다.

끼아아아아아악—!

끼아아아악!

플루토의 몸속 깊숙한 곳까지 퍼져 나간 마기가 심판의 검에 닿으며 폭발하기 시작했다.

그러던 어느 순간.

파아아아아아앙!

플루토의 몸속에 깃들어 있던 모든 격이 일순간에 터져 나왔다.

그가 아주 오랜 시간 동안 축적해 둔 거대한 격.

그 격은 게걸스럽게 주위의 모든 것들을 집어삼키기 시작했다.

네 선택을…… 반드시 후회하게 되리라…….

플루토의 몸 곳곳에서 회색빛의 가루가 휘날렸다.

허무한 소멸.

이것만큼 이 녀석에게 어울리는 최후가 또 어디에 있을까.

파스스.

마침내 플루토의 몸이 완전히 소멸했다.

나는 장갑에 묻은 가루를 털어 내면서 입술을 꽉 깨물었다.

그러나 그때였다.

> 시스템을 교란하던 존재가 소멸하였습니다. 이에 따라 당신은 시스템의 관리자로 선택받았습니다.
> 주위의 모든 격을 흡수합니다.
> 경고! 당신의 몸에는 다른 차원의 힘이 자리 잡고 있습니다. 지구의 주신이 되는 건 불가능합니다.
> 경고! 경고!
> 추방 시퀀스 실행 중.

눈앞을 붉은색 테두리의 메시지창이 가득 메운다.

그리고 플루토의 통제에서 벗어난 힘들이 내 몸속으로 파고들기 시작했다.

그 뒤에 이어진 끔찍한 고통에 나는 정신을 잃고야 말았다.

※

"시우."

누군가 나를 부르는 목소리에 천천히 눈을 떴다.

눈을 뜨자 화사하게 웃고 있는 리멘의 얼굴이 보인다.

그녀는 나에게 무릎을 내준 채로 부드럽게 내 머리를 쓸어내린다.

"……다 끝난 거야?"

내 목에서 잔뜩 갈라진 목소리가 흘러나왔다.

"응. 정말 고생 많았어."

그 말에 천천히 몸을 일으켜 주위를 바라보았다.

서울의 신전과 똑같이 생긴 공간.

내 바로 뒤에는 거대한 신목이 자리 잡고 있었고, 잔뜩 만개한 꽃들이 사방을 수놓고 있었다.

이것이 현실이 아니라는 건 금세 깨달을 수 있었다.

이 모든 것에서 리멘의 힘이 느껴지고 있었으니까.

"시우의 시간으로는 한 11년 정도 고생했네. 악덕 사장 만나서 섭섭했지?"

"여기 어디야?"

"내가 잠시 만들어 낸 공간. 우리 둘밖에 없어."

리멘은 천천히 나를 껴안았다. 내 품속에 쏙 들어온 그녀가 내 가슴팍에 얼굴을 비볐다.

"그동안 시우 덕분에 얼마나 행복했는지 알아?"

"네가 이끌어 줬으니까 가능했던 거야."

"서로가 서로를 이끌어 줬던 거야. 나는 시우를 믿었고, 시우도 언제나 나를 믿어 줬으니까."

그녀는 한참 동안이나 나를 끌어안은 채로 가만히 있었다.

그렇게 얼마나 시간이 흘렀을까?

그녀가 내 품속에서 나를 올려다본다.

나는 손을 천천히 들었다. 그리고 떨리는 손으로 그녀의 볼에 흐르는 눈물을 닦아 냈다.

"우는 건 처음 보네."

"미워?"

"아니, 예뻐."

"다행이다."

그녀와 헤어질 시간이 다가왔음을 느꼈다.

주변을 잠식하던 플루토의 모든 격이 그녀의 몸속에 깃들어 있었기 때문이다.

리멘은 나를 위해서 플루토의 격을 모두 흡수했다.

온전히 나의 행복을 위해서.

"……얼마나 같이 있을 수 있어?"

"5분 정도."

"너무 짧아."

"길면 더 힘들어."

어쩌면 그녀는 지금 이 순간조차 미리 알고 있었을지도 모른다.

그렇기에 더 가슴이 아팠다.

나조차도 이렇게 아픈데, 자신의 계획대로 성공했을 때의 결과를 알고 있었다면…… 그녀는 나를 볼 때마다 이렇게 아팔았을 것 아닌가?

나는 그녀의 눈물 젖은 얼굴을 가만히 바라보았다.

작별의 시간 5분.

수많은 생각들이 머릿속을 헤집어 든다.

그녀가 떠나지 않으면 안 될까?

그녀가 소멸하지 않는 방법은 정말 하나도 없을까?

머릿속이 너무나도 혼란스럽다.

그러나 그런 내 상념을 잠재우는 건 언제나 리멘이었다.

"그때, 미래의 시우가 찾아왔었다고 했지?"

"……어."

"그 이야기를 들었을 때, 그 시우가 내린 결정이 뭐였는지 알겠더라."

리멘은 내 손을 잡은 채로 천천히 언덕을 내려갔다.

사방에서 꽃잎들이 휘날린다.

"아마 그 시우는 나를 대신해서 모든 격을 흡수했을 거야. 나를 어떻게든 살리고 싶어서. 아마 지금쯤 시우도…… 그 생각을 하고 있겠지?"

부정할 순 없었다.

차라리 차원의 틈을 헤매며 돌아갈 방법을 찾는 게 낫지 않을까 하는 생각도 했으니까.

"자기가 실패했다고 했지."

녀석의 말을 떠올려 본다.

    마지막 순간까지 리멘의 손을 잡으라고 했던, 그 절절한 경고를.

    "그 실패가 무슨 의미였는지 알아?"

    "당연히 모르지."

    "그 세계선에서도 우리는 함께할 수 없었을 테니까."

    "왜?"

    "인과율이란 게 원래 그래. 지구의 주신인 시우를 추방시키게 되면, 이 세계의 신격은 결국 나만 남게 되거든. 인과율이 다른 세계의 신이 주신이 되는 꼴을 볼 것 같아? 나도 시우와 함께 차원의 틈으로 추방되었을 거야."

    "끝까지 혐과율이라니까."

    애써 장난스럽게 말했다.

    그리고 리멘의 손을 꼭 잡으면서 말했다.

    "그 녀석은 지금 뭐 하고 있을까?"

    "시우가 그 상황이었다면 어떻게 했을 거야?"

    "당연한 걸 묻네."

    처음부터 답은 정해져 있었다.

    나는 리멘을 바라보았다. 그리고 최대한 환한 얼굴로 미소를 지었다.

    "리멘을 찾으러 갔겠지."

    "차원의 틈은 우리가 인지하는 것 이상으로 넓어. 영원히 찾을 수 없다고 해도, 그래도 나를 찾을 거야?"

우리 교향님좀
말려주세요

"그래도. 영원의 시간을 헤맨다 해도."

"역시, 내 교황님이야."

리멘은 그 어느 때보다 밝게 미소를 짓는다.

울면서 웃는 그녀의 표정이 어찌나 귀엽고 사랑스럽던지.

"시우, 나 소원 하나만."

"말해."

"살짝 허리 좀 숙여 줄래?"

"어떻게, 이렇게?"

"딱 좋아."

내 입술에 그녀의 입술이 포개진다.

그렇게 일 초, 이 초, 삼 초.

그녀는 붉게 상기된 얼굴로 나에게서 입술을 뗀다.

"좀 부끄럽……."

그녀가 어색한 목소리로 말을 하려 했으나, 나는 다시 그녀를 끌어당겨서 입을 맞췄다.

한참을 그렇게 있었다.

이 시간이 너무 소중해서.

그녀와의 작별이 너무 슬퍼서.

그렇게라도 내 눈물을 숨기고 싶었다.

"시우."

천천히 입술을 뗀다. 입에 남은 여운이 아쉬워서인지 차마 말이 떨어지지가 않는다.

"나를 봐 줘."

리멘은 내 두 손을 부드럽게 잡는다. 그 따뜻한 온기에 겨우 눈을 뜬다.

그녀가 웃고 있다.

그 어느 때보다 밝고 환하게, 그렇게 웃고 있다.

"사랑해. 아주 많이 사랑해."

파아아앗.

우리에게 허락된 5분이 지났다.

조금씩 그녀의 몸에서 찬란한 빛 가루가 휘날리기 시작한다.

그녀의 형상이 조금씩 흩어진다.

나는 손을 들어 내 눈물을 닦았다. 마지막 순간에 울고 있으면 그녀가 속상해할 테니까.

"나도 사랑해."

지금까지 속에 묻어 두었던 진심을 꺼냈다.

내 대답에 리멘은 행복한 표정으로 고개를 끄덕인다.

"그 말 너무나도 듣고 싶었어."

"진작에 말하지."

"지금이라도 들었으니 다행이야."

리멘의 형상이 흐려진다.

나의 세계가, 그렇게 흐려진다.

그 희미한 빛 속에서 그녀가 나에게 마지막 말을 남긴다.

"안녕, 나의 교황님."

그 말을 끝으로 리멘의 모습이 완전히 내 눈에서 사라졌다.

"아."

더 이상 리멘이 느껴지지 않는다.

아주 오랜 시간 동안 나와 함께했던 그녀의 힘이, 그 어디에서도 느껴지지 않는다.

지독한 상실감이 몰려온다.

내 절반을 차지했던 것이 한순간에 사라져 버렸다.

우우우웅.

고개를 숙여 내 손에 남은 그녀의 마지막 흔적을 바라본다.

그녀를 닮아 새하얗게 빛나는 작은 빛 가루.

그 빛 가루를 조심스레 움켜쥐었다.

손을 다시 폈을 때, 그 작은 가루조차 보이지 않았다.

리멘이 나를 떠났다.

그렇게 우리의 이야기가 끝났다.

행복했던 이야기의 결말이라기에는 지독히도 아픈, 그런 결말이었다.

네가 없는 세계 (1)

전쟁이 끝났다.

리멘이 플루토의 모든 격과 함께 소멸한 이후, 나는 자연스레 지상으로 내려오게 되었다.

내가 지상에 도착했을 때, 모든 상황은 종료된 후였다.

"내가…… 내가 왜?"

"의무병! 의무병!"

"아아아, 아아아아아아!"

고대 신들의 영향력으로부터 벗어난 시민들이 혼란스러워하며 주위를 두리번거리고 있었으며, 곳곳에 시체들이 널브러져 있었다.

고대 신들이 지구로 데려온 괴물들은 이미 사라진 지 오래였다.

그리고 그건 정화자 역시 마찬가지.

정화자들이 데려온 키메라들과 언데드들이 먼지가 되어 사라져 가고 있었다.

나는 그 모든 풍경을 눈에 담으며 주먹을 꽉 움켜쥐었다.

그토록 기다렸던 순간이었으나 기쁘지가 않았다.

그저 공허함만이 내 마음을 가득 채울 뿐.

찬란했던 성역은 이제 없었다.

그 자리를 대체하는 건, 무너져 내리는 도시뿐.

거짓된 신성은 사라졌으나 그 빈 공간을 죽음과 절망이 다시 채우는 중이었다.

나는 비명과 신음 소리로 가득 찬 그 길을 힘없이 걸었다.

그렇게 얼마나 걸었을까?

"시우!"

"형님!"

나를 발견한 이레귤러들이 빠르게 나에게 다가왔다.

에이든과 자현이. 그 둘의 상태도 멀쩡하지는 않았다.

에이든의 근육질 상체 곳곳에 화살이 박혀 있었고, 깊어 보이는 중상이 곳곳에 보였다.

그리고 자현이의 흰색 와이셔츠는 아예 핏빛으로 물들어 있었다.

딱 봐도 지치고 힘들어 보인다.

그럼에도 그들은 밝게 웃으면서 나에게 달려왔다.

"해냈구나."

"형님을 믿고 있었⋯⋯."

그러나 그들은 내 표정을 마주하고는 더 이상 아무런 말도 내뱉지 않았다.

나는 애써 미소를 지으며 그들을 향해 손을 흔들었다.

"고생들 했어."

에이든은 한참 동안 나를 말없이 쳐다보았다.

그러고는 그 어느 때보다 무거운 목소리로 말했다.

"우리가 바랐던 대로 전쟁이 끝났다. 네가 이 세상에 평화를 가져온 거라고. 그런데 표정이 왜 그렇지?"

"그 대가로 소중한 걸 잃었어."

"⋯⋯무엇을?"

"내 절반."

힘겹다.

지금 이렇게 서 있는 것만으로도 머리가 어지럽고 힘겹다.

생살을 도려낸 듯한 지독한 고통이 온몸을 타고 흐른다.

리멘이 없다.

이제 나에게선, 리멘의 힘이 느껴지지 않는다.

화르륵. 손에 불꽃을 피워 올렸다.

리멘이 소멸하면서 모든 신성력이 사라졌을 줄 알았으나, 회색의 성화는 여전하다.

격이 사라졌다는 것만 제외하면, 이전과 크게 다르지 않았다.

"시우, 이제 전장을 정리해야 한다. 지금부터가 중요해."

에이든은 들고 있던 도끼를 바닥에 대충 꽂아 넣으면서 말했다.

그리고 주위의 돌 하나를 들고 와서 그 위에 걸터앉았다.

"병력이 혼란스러워하고 있다."

"……어째서?"

"시스템이 정지되었어. 더 이상 플레이어들은 시스템의 도움을 받지 못해."

"힘이 완전히 소멸한 건가?"

"그건 아니다. 다만, 아주 훌륭한 가이드가 사라진 셈이지. 나나 자현이는 원래부터 도움을 받지 못했었기에 상관이 없지만."

주신좌 자체가 아예 소멸하게 되면서 변화가 생긴 걸까?

이 변화는 시간을 두고 천천히 확인해야 할 듯싶었다.

애초에 시스템이라는 것 자체가 주신이 관장하는 개념이었으니, 어찌 보면 당연한 결과일지도.

나는 희미하게 웃으면서 고개를 끄덕였다.

"고생 정말 많았다."

"고생은 이제부터가 시작이야. 자, 다음 계획이 뭐지?"

"다음 계획?"

"목표가 있을 것 아니야."

목표.

……지금의 나에게 또 무슨 목표가 더 있을까?

아무런 생각도 들지 않는다.

그저 쉬고 싶다.

아무 생각도 나지 않는 곳에서, 아주 오랫동안 쉬고 싶은 마음뿐이다.

"이제는 없어."

나는 힘없이 중얼거렸다.

그러자 그때, 가만히 앉아 있던 에이든이 자리에서 벌떡 일어났다. 그러고는 갑작스럽게 내 복부에 주먹을 꽂아 넣었다.

퍼어어억. 배에서 아찔한 고통이 느껴졌다.

"연인과 헤어진 놈처럼 그렇게 기가 죽어 있으면 뭐가 달라지냐? 정신 차려. 중요한 건 지금부터다. 네가 지금처럼 얼빠진 표정으로 있어선 안 돼."

에이든은 내 어깨를 부여잡은 채로 말을 이어 갔다.

"공공의 적이 사라졌다. 이제부터는 아귀다툼이 시작될 거야. 네가 중심을 잡아 줘야 한다. 지금까지야 정화자랑 고대 신 놈들 덕분에 인류가 힘을 합쳤다만, 그 적들이 사라지면 어떻게 될지 생각 안 해 봤어?"

"저 역시 에이든 형님과 같은 생각입니다. 시우 형님, 이렇게 계실 때가 아닙니다."

"빨리 전장을 수습하고, 승리를 선언해라. 그리고 너를 중심으로 이곳의 질서를 바로잡아라. 네가 지금 신경 써야 할 일은 오직 그뿐이야."

나는 나를 향해 열변을 토해 내는 에이든을 바라보았다.

에이든의 말이 틀리지 않았다.

"에이든."

"왜?"

"리멘이 플루토와 함께 소멸했다. 내가 아니라 그녀가 이 세계를 구했다."

내 말에 에이든은 기다렸다는 듯이 대답했다.

"네가 그토록 사랑하던 존재가 지켜 낸 세계다. 그 세계가 망가지는 걸 정녕 네 눈으로 지켜볼 셈이냐?"

어쩌면 에이든은 짐작하고 있었던 걸지도 모르겠다.

겉으론 그저 생각 없는 야만인으로 보이는 놈이지만, 눈치가 그 누구보다 빠른 녀석이니까.

나는 에이든의 말에 크게 숨을 들이쉬었다.

녀석의 말은 틀리지 않았다.

지금은 상실감에 잡아먹혀 있을 때가 아니다.

리멘은 스스로를 포기하면서까지 내 소중한 이들을 지켜 주었다.

이제 이 모든 것은 그녀가 나에게 남긴 유산.

내가 지금 해야 할 일은 딱 한 가지다.

그녀가 나에게 남겨 준 유산을 철저하게 지키는 것.

나를 위해서 그녀가 했던 선택이 빛이 바래 가는 걸 두고 볼 수는 없었다.

나는 한참 동안을 주위를 둘러보며 감정을 추슬렀다.

그리고 천천히 앞으로 나아갔다.

❧

적들이 사라진 이후의 전장 수습은 크게 어렵지 않았다.

모든 적들이 소멸한 덕분에 바다와 하늘을 사용할 수 있게 되었기에 보급은 즉각적으로 이루어졌다.

"질서를 지켜 주십시오."

"보급품의 양은 충분합니다!"

"보급품을 분배받은 후, 배정된 장소에서 대기해 주십시오! 안전한 곳으로 모셔다드릴 겁니다."

이세민 씨가 데려온 상해의 각성자들이 앞장서서 혼란스러운 전장을 수습한다.

사실 수습이라고 하기에도 뭐하다. 살아남은 생존자들을 대피시키는 거니까.

더 이상 베이징은 사람이 살 수 있는 땅이 아니었다.

대부분의 건물들은 무너져 내렸으며, 역사를 자랑하던 유적지 역시 흔적조차 알아볼 수 없이 파괴되었다.

신성력과 마기가 부딪히면서 생긴 후폭풍 때문에 일어난 결과였다.

그렇게 베이징 곳곳에서 구호물자 배급을 비롯한 전후 조치가 시행되고 있는 가운데, 나를 포함한 다섯 명의 이레귤러들은 긴급 기자회견을 진행하게 되었다.

"전쟁은 끝났습니다."

나는 마이크를 잡은 채로 이야기를 이어 나갔다.

"세계를 위협하던 적들은 모두 소멸하였으며, 더 이상 여러분들을 위협할 적은 없습니다."

일종의 종전 선언이다.

우리가 승리했다는 것을 전 세계에 알리는 것.

에이든이 걱정했던 전후 질서에 대해서는 나도 그 누구보다 잘 이해하고 있었다.

공공의 적이 사라지면 원래 밥그릇 싸움이 시작된다.

각성자들이 여전히 이 세상에 존재하는 이상, 그다음의 전쟁은 각성자들끼리의 전쟁이 될 터였다.

고대 신들이 모두 소멸하였으니 게이트는 더 이상 나타나지 않을 가능성이 높았다.

만약 정말로 게이트 현상이 사라졌다면…… 인간들은 어떤 선택을 내릴까?

화합과 평화?

웃기지도 않는 소리. 에덴에서도 그러했고, 지구의 모든 역사가 이 이후의 상황을 알려 준다.

공공의 적에 맞서 싸웠던 친구들은 이제 서로의 이익으로 인해 분열되겠지.

그리고 그 분열은 또 다른 비극을 초래할 것이다.

그걸 최대한 막아야 한다.

그리고 그걸 막을 방법에 대해서도 이미 잘 알고 있었다.

"저희 리멘 교단은 언제나 같은 자리에서 여러분들을 지키겠습니다. 다시는 이런 끔찍한 일이 벌어지지 않도록, 여러분들과 가장 가까운 자리에서 함께할 것입니다."

이건 일종의 경고장이다. 전쟁이 끝났다고 다른 생각을 하지 말라는, 그런 의미의 경고장.

굳이 길게 말할 필요는 없었다. 어차피 기자들이 내 말에 담긴 뜻을 해석해서 잘 전달해 줄 터였다.

나는 그 말을 끝으로 발언권을 에이든에게 넘겼다.

그러자 종군기자 중 미국 출신으로 보이는 기자가 에이든에게 물었다.

"에이든 하워드 님의 향후 계획에 대해서 궁금합니다. 전쟁이 끝났으니 미국 국적을 다시 취득하실 예정이 있으신지."

단도직입적인 질문. 벌써부터 전후 질서를 가정해 둔 질문이었다. 불과 몇 시간 전까지만 하더라도 세계가 멸망할 예정이었는데, 사람이란 게 역시 참 간사하다.

"흐하하!"

에이든은 기자의 질문을 듣고는 호쾌하게 웃음을 터뜨렸다. 그리고 자신의 옆에 앉아 있던 라파엘을 슬쩍 쳐다보면서 말했다.

"미국으론 돌아가진 않을 겁니다. 대한민국 국적이라면 모를까, 미국 국적이라. 글쎄요? 그다지 구미가 당기진 않습니다."

"이유를 물어봐도 되겠습니까?"

"이유라……."

에이든은 잠시 고민하더니 씨익 웃으면서 답했다.

"제 친구 할머님께서 해 주신 된장찌개가 먹고 싶습니다. 이유는 그뿐입니다."

"된장……찌개?"

"대한민국의 소울 푸드입니다. 이만하면 답은 충분하죠?"

에이든은 내 곁에 남는 것을 택했다.

그 답이 불만족스러웠는지 기자는 옆에 있던 라파엘에게도 같은 질문을 던졌다.

그러자 라파엘 역시 여유로운 목소리로 답했다.

"어차피 다시 돌아갈 사람에게 국적이 무슨 의미가 있겠습니까?"

"다시 돌아간다는 건……."

"제가 있어야 할 곳으로 돌아갈 겁니다."

기자회견을 앞두고 라파엘이 나에게 들려주었던 말을 잠시 떠올렸다.

─돌아갈 방법을 찾은 것 같습니다. 서울로 돌아가는 대로 제 연구실에서 연구를 시작할 계획입니다.

그 어느 때보다 나에게 밝은 목소리로 말하는 라파엘에게 나는 그저 축하를 건넬 수밖에 없었다.

결정적인 데이터를 수집했다고 한다.

라파엘이라면 결국 돌아갈 방법을 찾아내겠지.

그렇게 기자들이 이레귤러들에게 질문을 던지면서 기자회견은 천천히 마무리되어 갔다.

모든 질문에는 공통점이 있었다.

바로 이레귤러들의 거취.

그 말인즉슨, 벌써부터 차기 패권 다툼에 대해서 생각하고 있다는 뜻이다.

그러나 이번 기자회견을 통해서 그들은 알게 될 것이다.

우리 리멘 교단이 여전히 건재하게 버티고 있다는 것을.

그리고 내 옆에는 친구들이 아주 많다는 것을.

딴생각? 할 수 있으면 해 보라지.

리멘이 지켜 낸 이 세계를 누군가 지옥으로 만들고자 한다면, 나는 기꺼이 그 녀석을 지옥으로 보내 줄 테니까.

기자회견을 끝내고 나는 리멘 교단의 병력을 데리고 빠르게 서울 신전으로 복귀했다.

　　비행기로 선양까지 간 다음, 그곳에서 지하 통로를 이용하니 금세 돌아올 수 있었다.

　　"성하, 최종 보고를 드립니다. 사망자 1,029명. 부상자 2,501명, 부상자들은 모두 재단 산하의 병원으로 이송하였습니다."

　　"……고생 많았다. 레오, 너도 가서 진료 봐."

　　"괜찮습니다."

　　나는 신목 앞에 서서 레오의 보고를 전해 들었다.

　　신목은 여전히 푸르렀다.

　　"성하."

　　"응?"

　　"리멘님께서는…… 정말로 소멸하신 겁니까?"

　　레오의 질문에 나는 그저 천천히 고개를 끄덕일 뿐이었다.

　　"그래."

　　그러자 레오가 잠시 동안 말을 멈춘다. 그러더니 아주 조심스럽게 입을 열었다.

　　"성서에는 이런 구절이 있습니다."

　　레오는 천천히 신목으로 다가가서 무릎을 꿇었다.

"태초에 어머니께서 필멸자들을 매우 사랑하였으니, 자신의 일부를 담아 생명의 나무를 빚으셨노라."

레오가 신목에 조심스레 손을 올렸다.

"신목에는 리멘님의 힘이 담겨져 있다는 뜻입니다. 한데 성하, 리멘님께서 정말 소멸하셨다면, 신목이 이리 푸르겠습니까?"

리멘은 소멸했으나 어디까지나 내 몸에 깃들어 있던 리멘의 신성력만 사라졌을 뿐, 레오나 루나를 비롯한 다른 이들의 신성력은 소멸하지 않았다.

"레오, 너 지금……."

"저희는 리멘님께서 여전히 존재하신다고 믿습니다."

문득 마지막 순간에 리멘이 내게 물었던 질문이 떠오른다.

—영원히 찾을 수 없다고 해도, 그래도 나를 찾을 거야?

그 질문에 나는 생각도 하지 않고 바로 '당연하지.'라고 답했다. 그리고 그 뒤에.

"……그래도, 영원의 시간을 헤매도."

그 말을 덧붙였었지.

만에 하나, 정말 만에 하나.

이 슬픈 결말을 바꿀 가능성이 있다면 어떨까?

근거 없는 희망일지도 모르겠다.

하지만 어째서일까.

그 희망에 자꾸만 마음이 동한다.

"리멘이 소멸하지 않았다면…… 내가 정말 리멘을 찾을 수 있을까?"

내 질문에 레오는 그제야 뒤돌아선다. 그리고 부드럽게 웃으면서 답했다.

"답은 제가 아니라 성하께 있지 않겠습니까?"

정말 실낱같은 희망일지도 모른다.

그러나 내 고민은 그리 길지 않았다.

"레오야."

"예, 성하."

"나는 찾아야겠다."

나는 그 실낱같은 희망을 기꺼이 부여잡기로 했다.

내 대답이 듣기 좋았을까?

레오가 보기 드물게 활짝 미소를 지으며 말했다.

"그리하셔야지요. 그리하셔야 성하다우신 겁니다."

우리의 이야기는 아직 끝나지 않았다.

적어도, 아직까지는 말이다.

다음 권으로 이어집니다

우리 교황님 좀
말려 주세요